OPERATION

Nautilus

WOLFGANG HOHLBEIN

IM TAL DER GIGANTEN

UEBERREUTER

Die Deutsche Bibliothek – CIP-Einheitsaufnahme

Hohlbein, Wolfgang:
Im Tal der Giganten / Wolfgang Hohlbein. – Wien : Ueberreuter, 2001
(Reihe: Operation Nautilus)
ISBN 3-8000-2821-2

J 2500/1

Umschlagbild © Agentur Holl – Roger Garland
Umschlaggestaltung von Zembsch' Werkstatt, München

Druck: Ueberreuter Print
1 3 5 7 6 4 2

Ueberreuter im Internet: www.ueberreuter.de
Wolfgang Hohlbein bei Ueberreuter im Internet: www.hohlbein.com
Dieser Band erschien in veränderter Ausstattung bereits 1994
im Verlag Carl Ueberreuter.

In den letzten Minuten war es Mike immer schwerer gefallen, den Feldstecher ruhig zu halten. Das schwere Gerät zitterte so sehr vor seinen Augen, dass er die Bucht immer öfter aus den Augen verlor und Himmel und Meer noch heftiger hin und her zu schwanken schienen, als sie es wegen des schweren Seegangs ohnehin taten.

Mike ließ das Instrument, das an einem Lederband um seinen Hals befestigt war, sinken, zerrte mit den Zähnen die Handschuhe von den Fingern und hielt die Hände dicht vor den Mund um hineinzublasen. Es nutzte nichts. Er sah den grauen Dampf, in den sich sein Atem in der klirrenden Luft verwandelte, aber er spürte die Wärme nicht einmal. Noch vor einigen Augenblicken hatten seine Finger vor Kälte gekribbelt und gepocht, aber jetzt war alles Gefühl daraus gewichen. Wenn er nicht bald wieder unter Deck und in die Wärme kam, lief er Gefahr, sich ernsthafte Erfrierungen zuzuziehen.

Trotzdem kehrte er noch nicht ins geheizte Innere der NAUTILUS zurück, sondern verbarg die Hände fröstelnd unter den Achselhöhlen und sah erneut zu der eisverkrusteten Bucht hinüber. Sie war nicht sehr weit entfernt: drei-, allerhöchstens vierhundert Meter, also für ein Schiff von der Größe der NAUTILUS eine Distanz, für die es sich kaum gelohnt hätte, die Motoren anzulassen, und trotzdem hätte sie ebenso gut auf der anderen Seite des Ozeans sein können oder gleich auf dem Mond.

Die Meeresoberfläche war nicht glatt. Durch den Nebel, der wie eine vom Himmel herabgefallene Wolke auf dem Wasser lastete, schimmerte manchmal weiße Gischt, und dann und wann, wenn sich eine besonders heftige Woge am Rumpf des Unterseebootes brach, flogen die weißen Spritzer bis zu Mike herauf. Und manchmal riss der Nebel für einen Moment auf, und man konnte das Gewirr nadelspitzer Felsen und Riffe erkennen, das aus dem Wasser ragte und das Meer vor der Insel zu einem unüberwindlichen Hindernis für jedes Schiff machte; selbst für die NAUTILUS. Nicht einmal der stählerne Rumpf des Unterseebootes wäre diesem Gebiss aus granitenen Zähnen gewachsen gewesen.

Den Beweis für die Gefahr, die in dem Nebel lauerte, hatte Mike unmittelbar vor sich. Nicht weit von der NAUTILUS entfernt erhob sich der geborstene Rumpf eines Schiffes aus dem Nebel. Das Riff, das ihm zum Verhängnis geworden war, war in den grauen Schwaden verborgen, sodass es aussah, als ruhe das Wrack, halb auf die Seite gestürzt und mit geborstenen Masten, auf einer flockigen grauen Decke. Das Eis hatte einen dicken Panzer über den Rumpf und die Aufbauten gelegt, sodass das Alter und die Herkunft des Schiffes nur mehr zu erraten waren. Aber es musste sehr alt sein. Natürlich wurden auch im Jahre 1915 noch Segelschiffe gebaut, aber nicht dieser Art und wenige von dieser Größe. Mike vermutete, dass es sich um ein spanisches Goldschiff handelte, das auf seinem Weg nach Amerika vom Kurs abgekommen und hier gestrandet war.

Und es war nicht das Einzige. Nicht weit davon entfernt ragte das Heck eines weiteren Schiffes aus dem Nebel, ein gutes Stück daneben die Masten eines anderen Seglers, die sich wie kahle Äste eines im Wasser versunkenen Baumes aus der wogenden grauen Masse herausstreckten, und gestern, als der Himmel einmal kurz aufgeklart war und sie für wenige Minuten gute Sicht gehabt hatten, hatten sie in der Entfernung zahlreiche weitere Umrisse erkennen können. Es war ein wahrer Schiffsfriedhof, den sie hier vorgefunden hatten. Mike schätzte die Zahl der Wracks auf mindestes ein Dutzend, und wahrscheinlich waren es noch weitaus mehr, denn einige Schiffe mochten an den Riffen zerbrochen und vollends gesunken sein.

Um ein Haar wären diese auch der NAUTILUS zum Verhängnis geworden. Sie hatten sich der Insel unter Wasser genähert, um dem Sturm zu entgehen, der ihnen in den letzten Tagen zu einem beständigen Begleiter geworden war, aber die Sicht war auch dort unten nicht besser als hier: Als ob sich der Nebel selbst unter der Wasseroberfläche fortsetzte, war der Ozean von grauen Schlieren und Schwaden durchsetzt, in denen sie nicht einmal zwanzig Meter weit sehen konnten. Hätte die NAUTILUS nicht über die fantastischen Ortungsgeräte verfügt, die sie jedem anderen Schiff auf der Welt überlegen machte, wäre sie zweifellos gegen eines der unsichtbaren Hindernisse geprallt und daran zerschellt.

Und trotzdem war es zumindest *einem* Schiff gelungen, diese tödliche Sperre zu überwinden: Sein Wrack lag, auf die Seite gestürzt und in zwei unterschiedlich große Teile zerbrochen, auf dem halbkreisförmigen Eisstrand, den Mike während der letzten Viertelstunde durch den Feldstecher beobachtet hatte, und der Funkspruch, den sie vor drei Tagen aufgefangen hatten, bewies, dass es zumindest einen Überlebenden gegeben hatte.

»Verzeiht, Herr«, sagte eine Stimme hinter ihm, und Mike fuhr so erschrocken zusammen, dass er auf dem mit einem dicken Eispanzer bedeckten Deck fast ausgerutscht wäre. Er wandte sich um und sah in Singhs Gesicht. Der Inder Gundha Singh war, neben Trautman, dem Steuermann der NAUTILUS, der letzte überlebende Vertraute von Mikes Vater, und dieser hatte ihm auf dem Sterbebett den Eid abverlangt, für seinen Sohn zu sorgen und ihn zu beschützen, sodass Mike in ihm nicht nur einen treuen Freund, sondern auch einen Leibwächter, Diener und ständigen Begleiter gefunden hatte. Er hatte sich im Großen und Ganzen daran gewöhnt, und er mochte den Sikh-Krieger sehr, aber es gab zwei Dinge, an die er sich wohl nie gewöhnen würde: die lautlose Art Singhs, sich zu bewegen und manchmal wie aus dem Boden gewachsen irgendwo aufzutauchen, und seine Angewohnheit, ihn mit *Herr* anzureden und sich zu benehmen, als wäre er sein Sklave.

»Trautman schickt mich«, fuhr Singh fort. »Er bittet Euch, unter Deck zu kommen.«

Mike sah wieder zur Eisinsel zurück. Ihr Anblick – und vor allem der des Wracks, das zerschellt an ihrem Strand lag – ließ ihn noch immer nicht los, aber es wurde tatsächlich Zeit, dass er ins Schiff zurückkehrte. Die Dämmerung hatte bereits eingesetzt. In einigen Minuten würde es dunkel werden, sodass er hier oben rein gar nichts mehr sehen konnte. Und die Kälte begann unerträglich zu werden. So folgte er Singh zum Turm und der offen stehenden Einstiegsluke und blieb abrupt mitten in der Bewegung stehen.

»Was ist los?«, fragte Singh alarmiert. Seine rechte Hand hatte sich zur Hüfte gesenkt, dorthin wo er sonst seinen Säbel trug, eine Waffe, die er normalerweise nur an Bord des Schiffes ablegte – es sei denn, er musste sich wie jetzt in einen Pelzmantel hüllen, der so dick war, dass er sich darin kaum bewegen konnte.

»Ich weiß nicht«, murmelte Mike. Sein Blick suchte den Himmel über der Insel ab. Für einen winzigen Moment hatte er geglaubt, dort eine Bewegung zu erkennen. Aber jetzt war sie fort. Alles, was er sah, waren Nebel und weiße Schneeschleier, die der Wind von den Graten der eisigen Klippen riss.

»Ich dachte, ich hätte ... etwas gesehen. Aber ich muss mich wohl getäuscht haben.« Singh antwortete nicht, aber er suchte einige Sekunden sehr aufmerksam den Himmel und danach den Strand ab. Erst als Mike in die Luke hinabzuklettern begann, folgte er ihm.

Eine Welle wohltuender Wärme schlug Mike entgegen, als er in den Turm der NAUTILUS hinabstieg. Die beiden fast mannsgroßen Bullaugen waren mit Eisblumen bedeckt, sodass es hier drinnen merklich dunkler als draußen war, und nach der Eiseskälte draußen kam ihm die Luft hier drinnen, die immer ein wenig nach Metall und Öl roch, beinahe stickig vor. Trotzdem atmete er ein paarmal sehr tief ein und spürte, wie sich die Wärme allmählich in seinem Körper auszubreiten begann. Singh schloss die Luke sorgfältig über sich und verriegelte sie.

Mikes Finger waren noch immer so steif vor Kälte, dass Singh ihm dabei helfen musste, die schwere Pelzjacke auszuziehen, und als das Gefühl schließlich in sie zurückkehrte, geschah es auf eine äußerst schmerzhafte Weise. Zuerst verspürte er ein Kribbeln, dann ein Pochen, und endlich taten sie so weh, dass ihm fast die Tränen in die Augen schossen. Er zitterte am ganzen Leib, als er fünf Minuten später den großen Salon der NAUTILUS betrat.

Trautman war nicht der Einzige, der auf ihn wartete. Mit Ausnahme Juans, der heute Küchendienst hatte und seit dem frühen Vormittag bereits sein Möglichstes tat, um die Kombüse zu verwüsten, saßen alle an dem großen Tisch neben dem Aussichtsfenster und redeten. Mike hatte ihre aufgeregten Stimmen bereits draußen auf dem Korridor gehört. Bei seinem Eintreten unterbrachen sie ihr Gespräch jedoch, und für eine Sekunde verspürte Mike das ganz und gar nicht angenehme Gefühl, von jedermann angestarrt zu werden. Selbst Astaroth, der unter dem Tisch hockte und vor sich hin döste, hob für einen Moment den Kopf und blinzelte ihn aus seinem einen Auge träge an. Hinter ihm bewegte sich ein zweiter, etwas kleinerer Schatten: Isis, die schwarzweiße Katze, die vor einer Weile gegen Astaroths ausdrücklichen Willen an Bord gekommen war und dem einäugigen Kater seither nicht von der Seite wich. Wenn man genau hinsah, konnte man hinter den beiden eine Anzahl noch kleinerer, pelziger Umrisse erkennen. Isis hatte vor einem Monat vier Junge bekommen, was Astaroths Beteuerungen, dass er sie nicht ausstehen konnte und sie ihm unglaublich auf die Nerven gehe, ein wenig an Glaubwürdigkeit nahm.

»Was ist los? Ihr seht mich alle an, als wäre irgendetwas passiert«, sagte Mike, während er sich dem Tisch näherte. Sein Blick blieb an einer dampfenden Kanne hängen, aus der es verlockend nach frisch gebrühtem Tee roch. Trautman griff kommentarlos nach ihr, schenkte eine Tasse ein und drückte sie Mike in die Hand, während sich dieser setzte. Mike nahm sie dankbar entgegen, nippte vorsichtig an dem heißen Getränk und schloss die Hände um die Tasse, um die Wärme zu genießen, die das Porzellan ausstrahlte.

»Ich möchte nur wissen, was du dort draußen suchst«, sagte Ben. »Die Insel ist leer. Hier lebt garantiert niemand mehr.«

»Und wer hat den Funkspruch geschickt, den wir aufgefangen haben?«

Ben machte eine wegwerfende Geste. »Das ist mittlerweile eine Woche her«, sagte er. »Seitdem haben wir nichts mehr gehört. Wahrscheinlich sind sie längst erfroren. Und selbst wenn nicht – wir sind ja nicht einmal ganz sicher, ob die Koordinaten stimmen.«

Zumindest in diesem Punkt musste ihm Mike beipflichten, auch wenn er nicht in der Stimmung war, dies laut zu tun. Der Funkspruch, den Singh aufgefangen hatte, war verstümmelt gewesen. Sie hatten nur die ungefähren Längen- und Breitengrade schätzen können und waren mehr oder weniger auf gut Glück losgefahren, und diese Insel im ewigen Eis hatten sie erst nach beinahe einer Woche gefunden. Trotzdem widersprach er: »Das Boot auf dem Strand –«

»– kann seit zwanzig Jahren dort liegen«, unterbrach ihn Ben. Er schüttelte heftig den Kopf. »Wenn ihr mich fragt, ist es vollkommen sinnlos, länger hier zu bleiben. Selbst wenn es die richtige Insel ist, sind sie garantiert schon tot. Hier ist es so kalt, dass niemand eine Woche unter freiem Himmel durchhält.«

»Vielleicht haben sie sich weiter ins Innere zurückgezogen«, sagte Mike störrisch. »Die Insel muss sehr groß sein.«

»Blödsinn«, antwortete Ben überzeugt. »Wenn du Schiffbruch erleidest und einen Notruf absetzt, würdest du dann etwa nicht das Meer beobachten? Sie hätten uns längst gesehen und sich irgendwie bemerkbar gemacht.«

Leider hat er auch damit recht, dachte Mike. Es war schlichtweg unvorstellbar, dass irgendjemand um Hilfe rief und sich dann versteckte, um ja nicht gefunden zu werden.

Es sei denn, er hatte einen ganz bestimmten Grund dafür ...

»Ich ... bin gar nicht so sicher, dass diese Insel wirklich unbewohnt ist«, sagte er zögernd.

»Wie meinst du das?«, fragte Serena. Trautman sagte nichts, blickte ihn aber sehr aufmerksam an.

»Vorhin, als Singh mich geholt hat«, fuhr Mike fort, »da habe ich für einen Moment geglaubt, etwas zu sehen. Ich war nicht ganz sicher, aber jetzt ...«

»... wäre es ganz praktisch, einen Grund zu haben, doch noch hier zu bleiben?«, schlug Ben vor.

Mike starrte ihn böse an, aber Trautman machte eine entsprechende Geste in seine Richtung und wandte sich an Ben. »Bitte rede nicht so einen Unsinn. Mike würde uns bestimmt nicht belügen. Was genau hast du gesehen?«

Der letzte Satz galt wieder Mike, aber es verging eine Weile, ehe dieser antwortete. Er versuchte, sich an den kurzen Moment zu erinnern. Es war ja nicht einmal eine Sekunde gewesen. »Irgendetwas war da. Ein Schatten, eine Bewegung ...« Er zuckte mit den Schultern. »Ich habe es nicht wirklich gesehen, wisst ihr? Aber es war komisch. Es war ... nicht oben auf dem Eis.«

»Nicht auf dem Eis?«, wiederholte Trautman verwirrt. »Was meinst du damit?«

»Höher«, antwortete Mike. Er glaubte sich jetzt deutlicher zu erinnern. Es war, als beschwörten die Worte die Bilder wieder herauf, und das deutlicher, als er sie im ersten Moment wahrgenommen hatte. »In der Luft. Ja, es war in der Luft. Irgendetwas ist dort oben entlanggeflogen.« Trautman sah ihn zweifelnd an, während Ben breit zu grinsen begann. »Ich nehme an, es war ein Eisvogel, wie?«, fragte er.

»Nein«, antwortete Mike. »Es war eine Fledermaus.« Bens Unterkiefer klappte herunter, und auch Trautman sah plötzlich drein, als könnte er nur noch mit Mühe ein Lachen unterdrücken.

Mike hätte sich am liebsten selbst geohrfeigt. Die Worte waren ihm herausgerutscht, ohne dass er es hatte verhindern können. Aber so unglaublich seine Behauptung selbst in seinen eigenen Ohren klingen mochte, plötzlich wusste er, dass es ganz genau das war, was er in der Luft über der Eisklippe gesehen hatte: den schwarzen Umriss einer Fledermaus.

Nur dass das vollkommen unmöglich war. Nicht nur, weil Fledermäuse in diesem Teil der Welt gar nicht leben konnten; *dafür* hätte sich vielleicht sogar noch irgendeine Erklärung gefunden. Nein, was Mike *wirklich* erschreckte, das war das, was er *nicht* ausgesprochen hatte:

Die Flügel des Geschöpfes, das er gesehen hatte, hatten eine Spannweite von mindestens zehn Metern gehabt.

Seine Behauptung hatte das Gespräch zu einem ziemlich abrupten Ende gebracht. Gottlob war wenige Minuten später Juan mit dem Abendessen hereingekommen, sodass sie die nächste halbe Stunde mit Essen verbrachten und kaum redeten. Keiner der anderen ging noch einmal auf Mikes Behauptung ein, aber er konnte ihre spöttischen Blicke deutlich spüren. Er verfluchte sich innerlich dafür, seine Zunge nicht besser im Zaum gehabt zu haben. Er wusste selbst, wie wenig glaubhaft seine Behauptung klingen musste – aber je länger er darüber nachdachte, desto deutlicher schien die Erinnerung zu werden. Er war ganz sicher: Er hatte eine riesige, schwarze Fledermaus über dem Eis kreisen sehen.

Oder vielleicht auch nur etwas, was wie eine Fledermaus ausgesehen hat, flüsterte eine lautlose Stimme in seinen Gedanken.

Mike senkte den Blick und begegnete dem Glühen von Astaroths einzigem Auge, das ihn unter dem Tisch hervor fixierte.

»Wie meinst du das?«, fragte er laut.

Die anderen sahen nur kurz auf und wandten sich dann wieder ihrem Essen oder ihrer Unterhaltung zu. Sie hatten sich längst daran gewöhnt, Zeugen dieser einseitigen Gespräche zwischen Mike und dem Kater zu sein. Und mit Ausnahme Bens, der sich dann und wann eine spitze Bemerkung nicht ganz verkneifen konnte, hatten sie es auch akzeptiert.

Was ich meine, ist, dass du wieder einmal einen typisch menschlichen Fehler begehst, antwortete Astaroth. *Du setzt einfach voraus, dass die Dinge so sind, wie du sie sehen willst, statt die Dinge so zu sehen, wie sie sind.*

»Aha«, sagte Mike. Er war nie ganz sicher, ob er Astaroths manchmal purzelbaumschlagender Kater-Logik immer ganz zu folgen vermochte. »Ich verstehe.«

Nein, das tust du nicht, behauptete Astaroth. *Weil ihr Menschen nie etwas versteht. Ihr behauptet nur, alles zu verstehen, und das so hartnäckig, bis ihr es am Ende selbst glaubt. Darin seid ihr allerdings ungeschlagene Meister.*

»Komm zur Sache, Astaroth«, sagte Mike. Ihm stand im Moment nicht der Sinn nach Diskussionen mit Astaroth über dieses Thema. Der Kater kannte nämlich kein größeres Vergnügen, als in endlosen Monologen zu erklären, dass eigentlich die Feliden die wahren Herren dieser Welt seien und nicht der Homo sapiens. Und so interessant dieses Thema vielleicht sein mochte – dummerweise war Mike der Einzige an Bord der NAUTILUS, der den Kater verstehen konnte.

Genau das meine ich, sagte Astaroth, der selbstverständlich auch diesen Gedanken gelesen hatte. *Ihr weigert euch einfach, das Offensichtliche zu begreifen, wenn es euch nicht passt. Nimm nur deine Beobachtung: Du glaubst, eine zehn Meter große Fledermaus gesehen zu haben.*

»Hm«, machte Mike. Er zog es vor, nicht laut darauf zu antworten. Manchmal war es ganz praktisch, dass die anderen die telepathische Stimme des Katers nicht verstehen konnten.

Und weil du weiter weißt – oder zu wissen glaubst –, dass es keine zehn Meter großen Fledermäuse gibt, kommst du zu dem messerscharfen Schluss, dass du dich geirrt haben musst, nicht wahr? Bist du schon einmal auf die Idee gekommen, dass es vielleicht etwas war, was du noch nie gesehen hast?

Natürlich war Mike schon von sich aus zu diesem Schluss gekommen. Aber es gab eine ganze Menge, was dagegensprach: zum Beispiel der Umstand, dass außerhalb der NAUTILUS Temperaturen herrschten, die ihre Thermometer nicht einmal mehr *anzeigten*. Dort draußen konnte nichts Lebendiges auf Dauer existieren.

Nichts, was ihr kennt, widersprach Astaroth. Er gähnte, wobei er Mike einen Blick auf zwei Reihen nadelspitzer Zähne gewährte. Etwas Kleines, Schwarzes wuselte unter seinem Kinn hindurch und begann an Mikes Bein emporzuklettern. Mike streckte die Hand aus und hob das Katzenjunge hoch, bedauerte das aber gleich darauf wieder. Seine drei Geschwister folgten ihm nämlich sofort, und nur einen Moment später gesellte sich auch noch Isis hinzu, sodass er seinen Schoß plötzlich von gleich fünf Katzen belagert fand, von denen vier auf der Stelle herumzubalgen begannen, was das Zeug hielt.

An Essen war jetzt nicht mehr zu denken, aber Mike hatte ohnehin keinen Appetit mehr, und außerdem lieferte ihm der Katzenüberfall einen willkommenen Anlass, irgendwelchen weiteren Gesprächen mit Trautman und den anderen auszuweichen. Er beschäftigte sich noch einige Minuten lang damit, mit den vier kleinen Rackern zu spielen, dann setzte er sie nacheinander sehr behutsam zu Boden und stand auf.

»Ich gehe in meine Kabine«, sagte er. »Ich friere immer noch. Ich glaube, ich lege mich eine Stunde hin und versuche mich aufzuwärmen.«

Trautman sah ihn überrascht an. Es war überhaupt nicht Mikes Art, sich tagsüber ins Bett zu legen, aber er ahnte wohl auch, dass dies nur ein Vorwand für ihn war, um eine Weile allein zu sein, denn er sagte nichts, sondern nickte nur. Mike verließ den Salon und lief die kurze Treppe in den vorderen Teil der NAUTILUS hinab, wo seine Kabine lag.

Als er die Tür hinter sich schließen wollte, huschte ein schwarzer Schatten zu ihm herein und war mit einem Satz auf seinem Bett, wo er sich zu einem Ball zusammenrollte – selbstverständlich mitten auf dem Kopfkissen. Mike sah den Kater forschend an, doch Astaroths lautlose Stimme schwieg jetzt, und gleich darauf bewiesen die regelmäßig werdenden Atemzüge und ein hörbares Schnarchen, dass der Kater eingeschlafen war. Er hatte ihn wohl nur begleitet, um ebenfalls eine Weile seine Ruhe zu haben. Trotz aller gegenteiligen Beteuerungen hatte sich Astaroth als sorgender und sehr geduldiger Vater herausgestellt, aber die vier kleinen Burschen waren manchmal eine richtige Plage. Mike konnte Astaroth gut verstehen.

Er sah sich gerade nach einem anderen Sitzplatz um, als es an der Tür klopfte. Er öffnete sie. Draußen auf dem Gang stand Ben.

»Darf ich reinkommen?«, fragte er.

Mike nickte, aber Ben trat erst an ihm vorbei, als Mike einen Schritt zur Seite machte und seine Einladung mit einer entsprechenden Handbewegung unterstrich. So fantastisch und bequem die NAUTILUS auch sein mochte, eines war an Bord so kostbar wie auf jedem Schiff: die Privatsphäre. Keiner von ihnen hätte es gewagt, die Kabine eines anderen ohne dessen ausdrückliches Einverständnis zu betreten; auch Ben nicht, der sonst vor sehr wenigen Dingen Respekt zeigte.

»Tut mir Leid, wenn ich dich störe«, begann Ben, und das verwunderte Mike. Ben entschuldigte sich nämlich so gut wie *nie* für irgendetwas – schon gar nicht, wenn es im Grunde gar nichts zu entschuldigen gab.

Mike winkte ab. »Schon gut. Was gibt's?«

»Eigentlich nichts Besonderes«, antwortete Ben. Er grinste und trat verlegen von einem Fuß auf den anderen. »Eine Fledermaus, wie? Hat Astaroth das auch gesagt?«

Mike schluckte die ärgerliche Antwort hinunter, die ihm auf der Zunge lag. »Er war nicht mit draußen«, erinnerte er Ben. »Wie könnte er also etwas bestätigen, was er gar nicht gesehen hat?«

»Stimmt«, sagte Ben. Sein Blick wanderte zwischen Mike und dem Kater hin und her, und jetzt wirkte er eindeutig verlegen. »Andererseits sagst du doch immer selbst, dass er deine Gedanken lesen kann. Vielleicht hat er deiner Erinnerung ja ein bisschen auf die Sprünge geholfen. Du hast vorhin mit ihm gesprochen. Beim Essen. Stimmt's?«

»Und wenn?«, fragte Mike. Seine Geduld neigte sich nun dem Ende zu. »Was ist los? Du bist doch nicht nur gekommen, weil dir langweilig ist, oder?«

»Nein«, gestand Ben. Er sah sich suchend um und setzte sich schließlich auf den einzigen Stuhl, den es in der Kabine gab. Das Bett wäre weitaus bequemer gewesen, aber Mike hatte das sichere Gefühl, dass Ben die Nähe des Katers scheute. »Also um ehrlich zu sein – ich ... ich wollte dich schon lange etwas fragen. Vielleicht ist die Gelegenheit nicht so ideal, aber vorhin, als ich gesehen habe, wie du mit Astaroth gesprochen hast –«

Er brach ab, blickte wieder kurz den Kater an und begann nervös mit den Füßen zu scharren. Mike hatte ihn selten so verlegen und nach den richtigen Worten ringend wie jetzt gesehen.

»Glaubst du, dass ... dass ich das auch könnte?«, fragte Ben plötzlich übergangslos.

Mike blinzelte. »Was?«

»Ich meine, glaubst du, dass er auch mit mir reden würde. So wie mit dir?« Es war Ben anzusehen, wie schwer es ihm fiel, die Worte auszusprechen.

Mike war vollkommen überrascht. Dass er und der Kater in Gedanken miteinander kommunizieren konnten, war allen an Bord immer ein bisschen unheimlich gewesen, aber sie hatten es schließlich akzeptiert. Dass nun gerade Ben diese Frage stellte, damit hatte er wirklich nicht gerechnet.

Der einäugige Kater war nämlich keineswegs das, wonach er aussah: ein ganz normaler, wenn auch ein bisschen groß geratener Kater. Mike hatte ihn vor nunmehr fast einem Jahr in einer Kuppel auf dem Meeresboden gefunden, zusammen mit dem Mädchen Serena, von der sie damals noch nicht gewusst hatten, dass sie die letzte überlebende Atlanterin war. Serena hatte in einem gläsernen Sarg gelegen, in dem sie etwa zehntausend Jahre lang geschlafen hatte, und Astaroth war ihr Wächter gewesen.

Dass er kein normales Tier war, das hatte Mike spätestens am nächsten Tag begriffen. Astaroth hatte ihn gebissen und Mike war in einen Fiebertraum gefallen, in dem ihn die bizarrsten Albträume und Visionen plagten. Und als er am nächsten Morgen daraus erwachte, da hatte er zum ersten Mal die lautlose Stimme des Katers in seinem Kopf gehört.

»Ich bin nicht sicher«, sagte er nach einer Weile. »Ich müsste ihn fragen.«

»Würdest du das tun?«, fragte Ben kleinlaut.

Mike nickte. »Gern. Aber es ist nicht nötig. Du kannst ihn selbst fragen. Er tut nämlich nur so, als ob er schläft. Er ist längst wach.«

Er rechnete fest damit, dass Astaroth weiter den Schlafenden mimen würde, aber der Kater hob den Kopf und sah Ben aus seinem gelben Auge an. Er schwieg.

»Sehr begeistert scheint er nicht gerade zu sein«, sagte Ben. Er klang enttäuscht. »Aber vielleicht –«

Jemand hämmerte gegen die Tür. Dann drang Serenas aufgeregte Stimme durch das Metall:

»Mike, schnell! Sie haben wieder Funkkontakt zu den Schiffbrüchigen!«

Mike und Ben waren die Letzten, die in den Salon stürmten. Serena war bereits wieder zurückgelaufen, ehe sie auch nur aus der Kabine heraus gewesen waren, und auf halbem Wege hatte Astaroth sie überholt. Die anderen standen dicht gedrängt auf dem breiten Podest, das das hintere Drittel des Salons einnahm und auf dem die komplizierten Steuerinstrumente der NAUTILUS untergebracht waren, und belagerten Singh, der mit angespanntem Gesichtsausdruck vor dem Funkgerät saß und in seine Kopfhörer lauschte.

Trautman drehte sich zu Mike und Ben herum. »Wir haben irgendetwas gehört«, sagte er. »Aber der Empfang ist sehr schlecht. Vielleicht –«

»Da ist es wieder!«, sagte Singh. Er legte die linke Hand auf den Kopfhörer und drehte mit der anderen an einigen Knöpfen an dem Gerät vor sich. Einen Augenblick später nahm er die Kopfhörer ab und schaltete den Lautsprecher ein, sodass sie nun alle verstehen konnten, was das Gerät empfing.

Im ersten Moment hörte Mike nichts außer einer Folge knisternder, pfeifender Laute. Aber dann drehte Singh erneut an einem Knopf, und inmitten der Störgeräusche begann eine Stimme hörbar zu werden. Sie war nicht sehr deutlich, sodass er sich sehr konzentrieren musste, um die Worte wenigstens halbwegs zu verstehen.

»... nicht länger hier bleiben!«, sagte die Stimme. Nein, verbesserte sich Mike in Gedanken. Sie schreit es. »Es werden immer mehr. Unsere Munition wird knapp. Wir können uns nicht mehr lange halten und werden ...«

Die statischen Störungen und das Pfeifen wurden immer lauter, und die Stimme schwankte so stark, dass sie jetzt nur noch Satzfetzen vernehmen konnten. Aber sie war immer noch deutlich genug, um die Panik erkennen zu lassen, die darin mitschwang.

»... versuchen, die Berge zu erreichen«, fuhr die Stimme fort. Mike identifizierte sie jetzt als die eines Mannes, und im Hintergrund glaubte er Schreie und die Geräusche eines Kampfes zu hören – und Schüsse. »Wir folgen dem Fluss. Vielleicht finden wir auf der anderen Seite eine Möglichkeit, die ...«

Wieder wurden die Störgeräusche so laut, dass sie die Stimme verschluckten. Singh begann hastig an den Schaltern und Knöpfen zu drehen, aber diesmal gelang es ihm nicht mehr, die Verbindung wiederherzustellen. Und schließlich gab er es auf. Mit einem enttäuschten Seufzer schaltete er den Funkempfänger ab und schüttelte den Kopf.

»Sinnlos«, sagte er. »Irgendetwas hier stört den Funkverkehr. Vielleicht eine Art Magnetismus. Wir sind sehr weit im Norden.«

»Also gibt es doch noch Überlebende!«, sagte Ben. Er warf Mike einen Verzeihung heischenden Blick zu. »Du hattest Recht. Tut mir Leid.«

»Aber was kann da nur los sein?«, murmelte Juan. »Das waren doch Schüsse!«

»Vielleicht«, sagte Trautman. »Die Verbindung war zu schlecht um das genau zu sagen. Aber irgendetwas stimmt da nicht.« Er klang sehr besorgt. »Offensichtlich ist diese Insel nicht ganz so verlassen, wie es bisher aussah.«

»Aber was soll denn das heißen?«, fragte Juan. »Wir folgen dem Fluss? Welchem Fluss?«

»Von hier aus sieht man ja nur die Steilküste«, wandte Chris ein. »Dahinter kann –«

»Unsinn«, unterbrach ihn Juan überzeugt. »Es kann hier keinen Fluss geben. Nicht bei diesen Temperaturen. Jeder Fluss würde sofort zufrieren.«

»Genug«, sagte Trautman. »Wir haben im Moment Wichtigeres zu besprechen. Ihr habt es alle gehört – die Menschen dort auf der Insel sind in Lebensgefahr. Wir müssen etwas tun.«

»Und was?«, fragte Ben.

Trautman blickte einen Moment lang mit besorgtem Ausdruck an ihm vorbei ins Leere. »Viel ist es nicht«, sagte er. »Wir fahren zur Insel hinüber und versuchen den Leuten zu helfen.«

»In Ordnung!«, sagte Juan. »Ich gehe an Deck und mache das Boot fertig.«

»Und ich kümmere mich um die Ausrüstung«, sagte Ben. »Wir brauchen warme Sachen und vor allem Waffen.«

Die beiden wollten auf der Stelle losstürmen, aber Trautman hielt sie mit einer befehlenden Geste zurück. »Nicht so hastig«, sagte er. »Ich sagte, *ein paar von uns* gehen. Nicht alle. Und schon gar nicht jetzt.«

»Aber worauf wollen wir denn noch warten?«, protestierte Ben. »Die Leute dort drüben sind in Gefahr!«

»Das ist noch lange kein Grund, Selbstmord zu begehen«, antwortete Trautman ernst. »Und das wäre es, überhastet aufzubrechen und noch dazu nachts. Wir werden in aller Ruhe entscheiden, wer von uns geht, und wir brechen erst morgen früh auf, sobald es hell geworden ist. Keinen Moment eher!«

»Aber bis dahin kann es zu spät sein!«, protestierte Juan. »Sie haben es doch selbst gehört!«

»Ich weiß«, erwiderte Trautman. »Trotzdem, wir warten, bis es hell geworden ist. Seid vernünftig. Selbst wenn wir lebend drüben ankämen, hätten wir in der Dunkelheit gar keine Chance, sie zu finden. Außerdem muss eine solche Expedition gründlich vorbereitet werden. Ich glaube, ihr macht euch keine Vorstellung von dem, was uns dort drüben erwartet.«

Juan wirkte sehr enttäuscht. Aber er widersprach nicht mehr. Vielleicht hatte er eingesehen, dass Trautman Recht hatte.

»Also gut«, sagte Ben. »Aber wer von uns geht, und wer bleibt hier?«

Erneut machte Trautman eine abwehrende Handbewegung. Er wandte sich an Singh, ehe er Bens Frage beantwortete. »Bleib bitte am Funkgerät«, sagte er. »Vielleicht melden sie sich noch einmal.«

Singh setzte mit einem wortlosen Nicken die Kopfhörer wieder auf und Trautman trat vom Instrumentenpult herunter und gab den anderen mit einer Handbewegung zu verstehen, dass sie ihm folgen sollten, während er zum Tisch ging. Die Reste des Abendessens waren mittlerweile entfernt worden, und auf der Platte breitete sich jetzt wieder das gewohnte Durcheinander von Karten und nautischen Papieren aus. Sie hatten während der letzten beiden Tage alle nur möglichen Seekarten und Atlanten zu Rate gezogen, um ihre genaue Lage herauszufinden, aber auf keiner einzigen davon war dort, wo die NAUTILUS lag, eine Insel eingezeichnet. Allerdings hatte dies nach Mikes Meinung nicht allzu viel zu bedeuten – sie befanden sich so weit nördlich aller bekannten Schifffahrtslinien, dass die meisten Karten dieser Gegend ohnehin nur auf bloßen Vermutungen beruhten. Es war gut möglich, dass sie die ersten Menschen waren, die diese Insel zu Gesicht bekamen, ohne auf den Riffen aufzulaufen.

Trautman setzte sich und wartete, bis auch alle anderen Platz genommen hatten. »Der Gedanke gefällt mir nicht«, sagte er, »aber ich fürchte, jetzt haben wir keine andere Wahl mehr, als hinüberzurudern und nach den Überlebenden zu suchen. Aber so eine Expedition will gut überlegt sein und noch besser vorbereitet.« Er legte die flache Hand auf die Seekarten, die vor ihm auf dem Tisch ausgebreitet waren. »Es scheint euch immer noch nicht klar zu sein, aber wir befinden uns hier in einer der unwirtlichsten Gegenden der Welt. Und so ganz nebenbei – in einer der gefährlichsten. Dort drüben herrschen Temperaturen, bei denen euch die Tränen in den Augen gefrieren werden. Ein winziger Fehler, eine einzige Nachlässigkeit können dort den Tod bedeuten. Und damit meine ich nicht einmal das, was den Leuten dort zugestoßen ist, sondern nur die Kälte.«

»Wir passen schon auf uns auf«, versicherte Ben.

»*Falls* du dabei bist«, fügte Trautman hinzu. »Also: Wer meldet sich freiwillig –«

Alle Hände hoben sich geradezu blitzartig, und Trautman fuhr unbeeindruckt fort:

»– dazu, hier zu bleiben?«

Die Hände senkten sich ebenso rasch wieder, wie sie in die Höhe gestreckt worden waren, und Trautman seufzte erneut. »Das habe ich mir gedacht«, murmelte er. »Kinder – ihr scheint das immer noch als großes Abenteuer zu betrachten, wie? Ich rede von einem lebensgefährlichen Unternehmen! Ich bin nicht einmal sicher, dass wir es bis zur Küste schaffen!«

»Unser Beiboot ist viel kleiner als all die anderen Schiffe«, widersprach Ben. »Wir kommen schon zwischen den Riffen hindurch.«

»Trotzdem – es wäre Unsinn, wenn mehr als zwei von uns gingen«, sagte Trautman. »Außerdem brauche ich die anderen hier an Bord der NAUTILUS, damit das Schiff manövrierfähig bleibt. Und um euch möglicherweise zu Hilfe zu eilen. Ich würde gerne selbst mitkommen, aber ich fürchte, ich bin den Anstrengungen nicht mehr gewachsen. Ich schlage vor, dass Singh und einer von euch gehen. Juan oder Mike oder Ben.«

»Und was ist mit mir?«, fragte Chris.

»Und mir?«, fügte Serena hinzu.

»Chris.« Trautman lächelte milde. »Bitte nimm es mir nicht übel, aber für dich gilt dasselbe wie für mich, wenn auch aus anderen Gründen. Du wärst nur eine Belastung für den anderen. Ihr müsst die Steilküste hinaufklettern und vielleicht Meilen über das Eis marschieren, bis ihr sie findet. Und du, Serena, bist ein Mädchen, und –«

»– und so etwas ist Männersache, wie?«, fiel ihm Serena ins Wort. Ihre Augen blitzten kampflustig. »Was für ein Unsinn! Ich bin genauso stark wie die anderen und ich kenne mich hier aus.«

»Wie?«, fragte Trautman.

Serena nickte so heftig, dass ihre blonden Locken flogen. »Der Winterpalast meiner Eltern lag in einer Gegend wie dieser. Ich weiß, wie man sich in einer Eiswelt bewegt. Wahrscheinlich besser als jeder andere hier!«

Sie sagt die Wahrheit, meldete sich Astaroth. Er war ihnen nachgekommen, hatte der Unterhaltung bisher aber schweigend zugehört. *Er lag sogar noch weiter nördlich. Ich glaube, ihr nennt die Gegend heute den Pol.*

Mike übersetzte rasch, was der Kater ihm mitgeteilt hatte, und Trautman sah Serena einige Sekunden lang nachdenklich an. Aber schließlich schüttelte er doch wieder den Kopf.

»Nein«, sagte er. »Es ist zu gefährlich. Juan, Ben oder Mike werden gehen.«

Serena sah Trautman einen Moment beinahe mordlüstern an, dann stand sie mit einer so heftigen Bewegung auf, dass ihr Stuhl scharrend zurückflog und um ein Haar umgestürzt wäre, und stürmte wütend aus dem Salon.

Mike sah ihr traurig nach. Während der Monate, die vergangen waren, seit Serena an Bord des Schiffes gekommen war, waren sie sich deutlich näher gekommen. Mike war noch immer nicht sicher, ob Serena die Gefühle wirklich erwiderte, die er insgeheim für sie hegte, aber es stimmte ihn traurig, sie so zornig zu sehen – auch wenn er Trautman selbstverständlich Recht gab. Es wäre viel zu gefährlich, Serena mit hinüber auf die Insel zu nehmen.

»Vielleicht solltest du ihr nachgehen und sie ein bisschen beruhigen«, wandte er sich an Astaroth.

Ich bin doch nicht verrückt!, antwortete der Kater. *Im Moment mache ich lieber einen großen Bogen um sie. Und wenn du einen guten Rat von mir willst – du solltest das Gleiche tun. Außerdem muss ich mich dringend um meine Söhne kümmern.*

Mike sah sich suchend im Salon um. Die vier kleinen Katzen tobten fröhlich herum und brauchten im Moment ganz bestimmt niemanden, der sich um sie kümmerte. Aber er verstand Astaroth. Serena war nicht unbedingt das, was man *geduldig* nennen konnte, oder gar *sanftmütig.*

»Also gut«, sagte Trautman. »Ich schlage vor, ihr geht in eure Kabinen und versucht gleich zu schlafen. Der morgige Tag wird sehr anstrengend – auch für die, die nicht zur Insel hinüberfahren. Singh und ich werden bis dahin alles Notwendige vorbereitet haben.«

»Und wer geht nun?«, wollte Ben wissen.

»Bis morgen früh habe ich mich entschieden«, sagte Trautman. »Ich wecke euch eine Stunde vor Sonnenaufgang.«

Der Wettergott – oder vielleicht auch nur der Zufall – gaben Trautman im Nachhinein recht. Als die Sonne am nächsten Morgen aufging, war die Kraft des Sturmes gebrochen, und auch der Seegang war nicht mehr annähernd so stark wie in den letzten Tagen. Und trotzdem – als er eine halbe Stunde nach Sonnenaufgang neben Singh und Juan – Trautman hatte sie doch zu dritt gehen lassen – den schmalen Strand der Insel betrat, fragte Mike, wie um alles in der Welt sie es geschafft hatten, die Distanz von der NAUTILUS bis hierher zu überwinden, ohne unterwegs zu erfrieren, über Bord geschleudert zu werden, ohne dass der Bootsrumpf sich an einem Riff aufschlitzte oder sie auf irgendeine andere Weise ums Leben kamen. An Gelegenheiten hatte es jedenfalls nicht gemangelt.

»Zieht das Boot auf den Strand«, sagte Singh. »Und macht es gut fest. Wenn die Flut es fortreißt, kommen wir nie wieder weg von hier. Ich werde mir inzwischen das Wrack ansehen.«

Seine Worte rissen Mike wieder in die Wirklichkeit zurück, wofür er dem Sikh sehr dankbar war. Während der Fahrt waren sie alle viel zu sehr damit beschäftigt gewesen, zu rudern und mit den stürmischen Elementen zu kämpfen, um wirklich Angst zu haben – aber jetzt, als die unmittelbare Gefahr vorüber war, begannen seine Knie doch zu zittern.

Das Boot bestand, ganz wie die NAUTILUS, aus einem ungemein widerstandsfähigen, trotzdem aber sehr leichten Material.

Dennoch waren Mike und Juan erschöpft, als sie es endlich auf den Strand hinaufgezogen hatten, denn sie begnügten sich nicht damit, es ein Stück weit vom Wasser wegzuzerren, sondern schleiften es fast über den ganzen Strand. Mike hatte Singhs Warnung nicht vergessen. Ohne das Boot kamen sie nie wieder von dieser Insel herunter. Die NAUTILUS besaß zwar noch ein zweites Beiboot, aber das war viel kleiner als das, mit dem sie gekommen waren.

Sie saßen eine ganze Weile schweigend nebeneinander da und versuchten neue Kräfte zu schöpfen, bis Juan schließlich als Erster aufstand und noch einmal zum Boot zurückging, um zwei eiserne Haken und einen Hammer zu holen. Mit vereinten Kräften trieben sie die Haken in das Eis und banden das Boot daran fest. Jetzt würde es selbst eine noch so große Welle nicht mehr davontragen können.

Noch immer ohne ein Wort zu sagen, gingen sie auf das gestrandete Schiff zu. Es war eine kleine Yacht, bei deren Anblick sich Mike fragte, wie sie sich in diesen Teil des Meeres verirrt haben mochte. Sie maß allerhöchstens fünfzehn Meter, und bevor der Sturm und die Wellen sie in einen Trümmerhaufen verwandelt hatten, musste sie einmal sehr elegant gewesen sein. Jetzt war sie nur mehr ein Wrack. Der Kiel war abgebrochen und der Rumpf auf ganzer Länge aufgerissen. Fast die gesamten Deckaufbauten waren verschwunden, und der zersplitterte Mast lag zwanzig Meter entfernt auf dem Eis. Das Schiff musste von einer Welle erfasst und regelrecht auf den Strand geschmettert worden sein. Wie jemand diese Katastrophe überlebt haben sollte, war Mike ein Rätsel.

Singh kam ihnen entgegen, als sie das Wrack umrundeten. Er hatte den rechten Handschuh ausgezogen und trug einige Papiere in der Hand, in denen er im Gehen blätterte. Unter den anderen Arm hatte er einen in schwarzes Leder gebundenen Folianten geklemmt; vermutlich das Logbuch des Schiffes.

»Wie sieht es aus?«, fragte Mike – obwohl ein einziger Blick in Singhs Gesicht diese Frage eigentlich überflüssig machte. Der Sikh sah sehr erschrocken drein.

»Geht lieber nicht hinein«, antwortete Singh. »Dort drinnen ist alles kurz und klein geschlagen. Ihr könntet euch verletzen.«

»Waren –«, begann Juan, brach dann schon nach dem ersten Wort wieder ab und sah Singh Hilfe suchend an.

Aber Singh beantwortete seine Frage, auch ohne dass er sie laut aussprechen musste. »Nein, ich habe keine Toten gefunden«, sagte er. »Offensichtlich haben sie es alle überstanden.« Er schüttelte den Kopf und maß das zertrümmerte Schiff mit einem langen Blick. »Das Funkgerät ist ausgebaut worden«, fuhr er fort. »Und anscheinend haben sie auch alles andere mitgenommen, was sie irgendwie tragen konnten. Ich verstehe nur nicht, warum.«

»Hätten sie es hier lassen sollen?«, fragte Juan.

Singh würdigte ihn nicht einmal eines Blickes. »Das Schiff mag ein Wrack sein. Aber hier hätten sie immerhin ein Dach über dem Kopf gehabt«, fuhr er fort. »Warum haben sie es verlassen? Seht euch nur diese Wand an.«

Er deutete mit einer Kopfbewegung auf die Steilwand aus Eis, die den Strand einschloss. Sie war gute zehn Meter hoch und glatt wie ein Spiegel. Nirgends gab es eine Stelle, an der man bequem oder auch nur ungefährdet hätte hinaufgelangen können. »Das ist eine lebensgefährliche Kletterei. So etwas macht doch niemand ohne triftigen Grund. Noch dazu mit einem Verletzten.«

»Ein Verletzter?«, wiederholte Mike. »Woher willst du das wissen?«

»Weil ich ein paar blutige Verbandsreste gefunden habe«, antwortete Singh. »Außerdem ist es einfach unmöglich, dass sie diese Bruchlandung alle unversehrt überstanden haben sollen.« Er klopfte mit dem Zeigefinger auf das Buch. »Ich bin noch nicht dazu gekommen, es zu studieren, aber ich glaube, dass mindestens fünf Menschen an Bord waren. Vielleicht sogar mehr. Ich verstehe nicht, warum sie weggegangen sind.«

»Aber sie sind es nun einmal«, sagte Juan. »Und ich fürchte, uns wird nichts anderes übrig bleiben, als ihnen zu folgen.« Er schauderte sichtbar, aber das lag wahrscheinlich nicht an der beißenden Kälte, sondern eher am Anblick der Eiswand, die sich hinter ihnen erhob. Auch Mike gefiel die Vorstellung, dort hinaufklettern zu müssen, mit jeder Sekunde weniger. Gestern, vom Deck der NAUTILUS aus betrachtet, hatte die Wand beinahe harmlos ausgesehen, eine weiße Mauer eben, hoch, aber trotzdem nicht mehr als ein Hindernis, das man mit wenig Mühe schon irgendwie überwinden konnte. Jetzt erschien sie ihm wie eine himmelhohe, unüberwindliche Barriere.

Auch Singh musterte die Eiswand einige Augenblicke lang schweigend, dann drehte er sich mit einem Ruck herum und begann auf das Boot zuzugehen. Mike und Juan folgten ihm. Singh verstaute das, was er an Bord des Wracks gefunden hatte, sorgsam in einen wasserdichten Seesack, den er wohl eigens zu diesem Zweck mitgebracht hatte, und holte ein ganzes Sammelsurium von Steigeisen, Haken sowie ein zusammengerolltes Seil aus einem zweiten Rucksack. Das Seil hängte er sich über die Schulter, während er seine übrige Ausrüstung auf die verschiedenen Taschen seiner dicken Pelzjacke verteilte. Als Letztes nahm er einen kurzstieligen Hammer zur Hand.

»Ich gehe zuerst einmal allein«, sagte er. »Ihr wartet hier, bis ich oben bin und mich ein wenig umgesehen habe.«

»He, Moment!«, protestierte Mike, aber Singh ließ ihn gar nicht zu Wort kommen.

»Es ist viel leichter, wenn ich allein gehe«, sagte er entschieden. »Ich hole euch sofort nach, wenn ich oben bin.«

Mike sparte sich die Mühe, Singh umstimmen zu wollen. Der Sikh ließ zwar keine Gelegenheit aus, ihm zu Diensten zu sein und ihm jeden Wunsch von den Augen abzulesen, aber wenn es darum ging, irgendeine – und sei es nur mögliche – Gefahr von Mike abzuwenden, schien er plötzlich zu vergessen, dass er eigentlich Mikes Diener war und ihm Gehorsam schuldete.

Außerdem war Mike im Grunde sogar erleichtert über Singhs Entschluss, allein voranzuklettern. Er war zwar ein guter Sportler und zu Hause und auch später im Internat in England war kein Baum und auch keine Mauer vor ihm sicher gewesen, aber der Anblick *dieser* Wand erfüllte ihn mit Entsetzen. Das Eis war so glatt, dass es das Licht der Sonne reflektierte, sodass man es immer nur ein paar Sekunden lang ansehen konnte. Daran emporzuklettern musste ungefähr so sein, als versuchte man an einem Spiegel hochzusteigen, den jemand sorgsam mit Schmierseife eingerieben hatte.

Singh ging diese Aufgabe jedoch mit erstaunlicher Geschicklichkeit an. So routiniert und sicher, als hätte er sein Lebtag lang nichts anderes getan, schlug er die eisernen Haken in die Wand, an denen er sein Seil befestigte und die er anschließend als Leiter benutzte um daran emporzuklettern. Schon bald hatte er die halbe Distanz überwunden. Er sieht wie eine große pelzige Fliege aus, die eine Wand hinaufklettert, dachte Mike. Eine ganze Weile noch sah er hinauf, auch nachdem Singh längst oben angekommen und ihren Blicken entschwunden war, dann wandte er sich wieder der gestrandeten Yacht zu.

Der Anblick hatte nichts von seiner unheimlichen Wirkung verloren. Mike fragte sich, wieso das Schiff überhaupt so weit gekommen war. Der Rumpf sah aus, als wäre er von Messern aufgeschlitzt worden, überall gähnten große, gezackte Löcher.

»Ich möchte nur wissen, was hier passiert ist«, murmelte er nach einer Weile. »Irgendetwas stimmt doch hier nicht.« Im Grunde sprach er nur, um überhaupt etwas zu sagen und gegen die Stille anzukämpfen, die sich zwischen ihnen ausgebreitet hatte. Dabei war es gar nicht *wirklich* still; im Gegenteil: Der Wind heulte weiter über ihren Köpfen, die Wellen brachen sich weiter donnernd an den Riffen, und trotzdem war da plötzlich eine unheimliche, ja fast unwirkliche Art von Stille, die wie etwas Unsichtbares aus dem Nebel herauszukriechen und neben der Wirklichkeit zu existieren schien.

»Wenn du mich fragst, dann stimmt mit dieser ganzen *Insel* irgendetwas nicht«, antwortete Juan nach einer Weile.

Mike sah ihn überrascht an. »Du spürst es auch?«

»Ich spüre überhaupt nichts mehr«, maulte Juan. »Dazu ist es viel zu kalt.«

Aber Mike wusste, dass Juan im Grunde ganz genau verstand, was er meinte. Irgendetwas war unheimlich an dieser Insel. Irgendetwas war *falsch*.

Es begann mit dem Nebel, der noch immer wie eine graue, wattige Decke auf dem Wasser lag. Hier und da riss der Wind Löcher hinein, die sich aber immer wieder fast sofort schlossen. Je länger Mike hinsah, desto weniger kam ihm dieser Nebel wirklich wie Nebel vor. Er war zu dicht, und das unablässige Wogen und Zittern seiner Oberfläche entsprach einem eigenen Rhythmus, nicht dem des Windes, der daran nagte. Manchmal schien er dünne, rauchige Arme auf den Strand hinaufzuschicken, wie die tastenden Finger eines bizarren Meeresungeheuers, das nach den Opfern suchte, die ihm entkommen waren, und wenn man lange genug hinsah, dann konnte man sich einbilden, unheimliche Schatten darin zu erkennen, fast als versuche der Nebel, sich zu einem Körper zusammenzuballen und Substanz zu gewinnen.

Fast?

Mike spürte, wie sich jedes einzelne Haar auf seinem Kopf aufstellte. Die Schatten waren nicht eingebildet. Sie waren wirklich da – und sie kamen langsam den Strand hinauf, zwei schlanke, verzerrte Schatten, die nicht ganz menschlich wirkten und immer wieder zu verblassen schienen, aber jedes Mal, wenn sie sich erneut zusammenfanden, ein wenig massiver waren.

Erschrocken richtete er sich auf, und Juan, dem die Bewegung natürlich nicht entging, wurde kreidebleich, als er Mikes Blick folgte und die beiden Gespenster ebenfalls sah. »Was zum Teufel ist *das*?«, flüsterte er.

Die beiden Umrisse kamen immer näher und hatten die Grenze des Nebels fast erreicht, und plötzlich kamen sie Mike gar nicht mehr schlank und klein, sondern verzerrt und riesenhaft vor und ungemein bedrohlich.

Dann traten die beiden Schatten endgültig aus dem Nebel heraus und wurden zu Körpern, und Mike stieß einen keuchenden Schrei aus – allerdings aus Verblüffung, nicht aus Angst.

»Serena!«, rief er ungläubig. »Chris! Was ... *was tut ihr denn hier?*«

Natürlich waren die beiden viel zu weit von ihnen entfernt, als dass sie seine Worte hätten verstehen können, aber sie mussten zumindest seinen Schrei gehört haben, denn Chris hob die Hand und winkte ihm zu.

Die Bewegung weckte Mike endgültig aus seiner Starre. Er rannte so schnell los, dass er auf dem spiegelglatten Eis fast das Gleichgewicht verloren hätte und konnte nur mühsam und mit wild rudernden Armen bei Chris und dem Mädchen anhalten. Chris grinste breit darüber, während Serena ihn nur kühl musterte.

»Wie zum Teufel seid ihr hierher gekommen?«, keuchte Mike. »Was tut ihr hier?«

»Ich habe doch gesagt, dass ich mitkomme«, antwortete Serena in einem Tonfall, der Mike hätte klar machen müssen, wie sinnlos es war, ihr zu widersprechen. Aber er war viel zu erregt und überrascht um darauf zu achten.

»Bist du völlig verrückt geworden?«, fragte er. »Was glaubst du, was Trautman dir erzählen wird, wenn wir wieder zurück sind?«

»Ich kann es mir ungefähr vorstellen«, antwortete Serena. »Das wird ihn vielleicht lehren, mich in Zukunft nicht mehr wie ein kleines Kind zu behandeln.«

»Im Augenblick jedenfalls benimmst du dich so«, sagte Juan. Er war etwas vorsichtiger als Mike gelaufen, mittlerweile aber ebenfalls herangekommen. Sein Gesicht, von dem unter der Pelzkapuze nur wenig sichtbar war, hatte einen ärgerlichen Ausdruck. »Was ist eigentlich in dich gefahren? Wenn du dich selbst umbringen willst, dann ist das ja vielleicht noch dein Problem. Aber was fällt dir ein, Chris hierher zu bringen?«

»Das fragst du ihn am besten selbst«, antwortete Serena. »Der kleine Gauner hat mich erpresst. Ich hatte gar keine andere Wahl, als ihn mitzunehmen.«

»Und wieso, bitte schön?«, wollte Juan wissen. »Hat er dich etwa mit vorgehaltener Waffe gezwungen?«

»Nein – aber er hat herausgefunden, was ich vorhatte, und gedroht, mich bei Trautman zu verpetzen. Also musste ich ihn wohl oder übel mitnehmen. Aber ich hätte ihn vielleicht unterwegs ersäufen sollen.«

Chris grinste. Offensichtlich entsprach Serenas Schilderung den Tatsachen und es schien ihn mit einer geradezu diebischen Freude zu erfüllen, sich ausgerechnet gegen Serena durchgesetzt zu haben – ein Kunststück, das vor ihm nur sehr wenigen an Bord der NAUTILUS gelungen war. Dass er sich damit selbst in Lebensgefahr gebracht hatte, schien er noch gar nicht begriffen zu haben.

Als hätte Mike noch nicht genug Überraschungen erlebt, teilte sich der Nebel in diesem Moment hinter Serena und Chris erneut und der Kater trat heraus. In seinem schwarzen Pelz glitzerten Eiskristalle und er knurrte gereizt.

»Astaroth!«, sagte Mike. Er wusste im ersten Moment nicht, ob er über den Anblick des Katers erfreut oder verärgert sein sollte. »Du auch noch! Also wenigstens von dir hätte ich ein Fünkchen klaren Menschenverstand erwartet!«

Wenn ich mit einem Menschenverstand geschlagen wäre, antwortete der Kater mürrisch, *würde ich mich selbst vor die nächste Dogge werfen.*

»Du weißt genau, was ich meine!«, antwortete Mike. »Was, verdammt noch mal, tust du hier?«

Das, was meine Aufgabe ist, antwortete der Kater, plötzlich sehr ernst. *Ich passe auf Serena auf.*

Darauf konnte Mike nichts mehr erwidern – Astaroth hatte ja völlig Recht. In gewissem Sinne war der Kater für die Atlanterin, was Singh für ihn war: ein treuer Freund und Beschützer, der diese Aufgabe übertragen bekommen hatte und sie erfüllen würde, koste es, was es wolle.

»Also, wenn ihr euch jetzt alle gebührend entrüstet habt«, sagte Serena fröhlich, »dann könnt ihr mir ja erzählen, was ihr gefunden habt. Wo ist Singh?«

Mike hatte nicht üble Lust, einfach zu schweigen, zum Boot zurückzugehen und Serena stehen zu lassen. Aber natürlich hatte sie Recht – es war nicht der richtige Zeitpunkt um beleidigt zu sein. Trautman würde ihr schon gehörig den Kopf waschen, wenn sie erst wieder zurück an Bord der NAUTILUS waren.

»Oben auf dem Eis. Er ist allein vorgegangen, um die Strecke zu sichern und sich umzusehen.«

»Waren im Schiff Überlebende?«

Mike schüttelte den Kopf. »Nein. Aber auch keine Toten. Sie müssen irgendwo dort oben sein, und ich denke –«

»Mike! Juan? Wo seid ihr?!«

Der Schrei hinderte Mike daran, weiterzureden. Er drang direkt aus dem Nebel vor ihnen – und es war eindeutig *Trautmans* Stimme, die ihre Namen gerufen hatte. Einen Moment später hörten sie Scharren und Schleifen, und dann platschten hastige Schritte durch das flache Wasser auf sie zu. Es verging nur noch eine Sekunde, bis Trautman aus dem Nebel herausgestolpert kam, dicht gefolgt von Ben. Beide rannten, so schnell sie nur konnten, und beide wirkten so erschrocken, als hätten sie ein Gespenst gesehen.

»Mike! Juan!« Trautman atmete hörbar auf, als er die beiden Jungen erblickte. »Gott sei Dank, ihr seid da. Wo ist Singh?«

»Was?«, murmelte Mike. »Was ist denn überhaupt los? Natürlich sind wir hier – wo sollen wir denn sonst sein?«

»Ihr wart verschwunden!«, antwortete Ben aufgeregt. »Die ... die ganze Insel war plötzlich verschwunden. Von einer Sekunde auf die andere.«

»Wie bitte?«, fragte Juan. Er versuchte zu lachen, aber die Kälte machte eine Grimasse daraus.

»Ben sagt die Wahrheit«, sagte Trautman. »Ich war oben an

Deck und habe mit dem Feldstecher nach euch Ausschau gehalten und plötzlich war die Insel nicht mehr da.«

»Aber das ist doch völlig unmöglich!«, sagte Juan kopfschüttelnd.

»Genau das dachte ich vorher auch«, bestätigte Trautman. »Aber es war genau, wie Ben sagt: Sie verschwand, von einer Sekunde auf die andere. Und nicht nur sie. Auch die Riffe, der Nebel und die Schiffswracks. Ich habe so etwas noch nie erlebt.«

»Und da haben wir das Boot genommen und sind losgefahren«, fuhr Ben fort. »Ganz plötzlich war der Nebel wieder da, und einen Moment später waren wir am Strand. Ich habe auch keine Ahnung, wie so etwas möglich ist. Aber es war so, das müsst ihr mir glauben.«

»Wir müssen von hier verschwinden«, sagte Trautman. »So schnell wie möglich. Mit dieser Insel stimmt etwas nicht. Wo ist Singh, und was –«

Er verstummte. Ein paar Sekunden lang stand er vollkommen reglos da, und auf seinem Gesicht lag plötzlich ein Ausdruck, als hätte er nun *wirklich* ein Gespenst gesehen.

»Serena?«, murmelte er. »Wie ... wie kommst du denn hierher? Was suchst du hier?«

Serena seufzte. »Ich habe Ihnen doch gesagt, dass ich dabei sein will«, antwortete sie. »Und ehe Sie sich weiter aufregen – bis jetzt ist mir nichts passiert. Und das wird es auch nicht. Ich kann ganz gut auf mich aufpassen.«

»Das habe ich nicht erlaubt!«, sagte Trautman. Er überwand seine Überraschung nur mühsam. Serenas Anblick schien ihn vollkommen aus der Fassung gebracht zu haben.

»Stimmt«, antwortete Serena schnippisch. »Ich habe ja auch nicht um Erlaubnis gefragt.«

»Das reicht!« Trautmans Gesicht verfinsterte sich. »Es ist vielleicht nicht der richtige Moment, aber du solltest eines wissen –«

»Ähem«, machte Juan laut. »Entschuldigt, wenn ich euch unterbreche ...« Trautman sah ihn nur kurz an und fuhr dann, an Serena gewandt, fort: »Solange ich an Bord der NAUTILUS bin, fühle ich mich für euch verantwortlich, und du wirst das gefälligst akzeptieren oder du könntest die Erfahrung machen, dass selbst eine ehemalige Prinzessin von Atlantis nicht davor gefeit ist, den Hosenboden stramm gezogen zu bekommen!«

»Dürfte ich jetzt vielleicht ...?«, sagte Juan schüchtern.

Trautman fuhr auf dem Absatz herum und funkelte ihn an. »Ja!«, sagte er ärgerlich. »Was gibt es denn so Wichtiges, dass ich kaum aussprechen kann?«

Juan lächelte nervös, hob die Hand und deutete nacheinander auf Ben, Trautman, Mike, Chris, Serena und schließlich sich selbst. »Ich meine ... vielleicht hat es ja nichts zu sagen, aber: Wenn ich recht sehe, sind wir jetzt alle hier, oder?«

»Stimmt«, sagte Trautman, noch immer erregt. »Und?«

»Und wer ist dann noch an Bord der NAUTILUS?«, fragte Juan ruhig.

»Es bleibt dabei!«, sagte Trautman entschieden. »Wir fahren zurück, sobald Singh wieder hier unten ist.« Er löste einen der beiden Stricke, die das Boot mit den eisernen Haken verbanden, die Juan in das Eis getrieben hatte, und gab Ben, der auf der anderen Seite stand, mit einer Geste zu verstehen, dasselbe zu tun.

Nachdem sie den ersten Schrecken überwunden hatten, der Juans Worten gefolgt war, hatte sich Mike gesagt, dass ihre Situation vielleicht ernst war, aber es keinen Grund zu übermäßigem Entsetzen gab. Letztendlich spielte es keine Rolle, ob sich nun alle oder nur ein paar von ihnen hier auf der Insel aufhielten. Die NAUTILUS lag sicher fünfhundert Meter vor der Küste, und ihre fantastischen Maschinen sorgten ganz von selbst dafür, dass sie sich nicht von der Stelle rührte und dass auch kein Unbefugter mit ihr fortfahren konnte. Um die NAUTILUS brauchten sie sich gewiss keine Sorgen zu machen. Er war froh, diesen unheimlichen Ort so schnell wie möglich wieder verlassen zu können.

Ben hatte das zweite Tau gelöst und sie begannen das Boot über das Eis zum Wasser zurückzuschieben, hielten aber wieder an, als sein Bug die Wand aus Nebel berührte, die sich zwischen den Ozean und die Insel geschoben hatte. Bildete es sich Mike bloß ein oder war sie näher gekommen und ein kleines Stück weit den Strand heraufgekrochen?

Er verscheuchte den Gedanken. Dieser Nebel war Nebel, nicht mehr und nicht weniger, basta. Ihre Situation war gefährlich genug, auch ohne dass er anfing, Gespenster zu sehen.

»Ich möchte wissen, wo Singh bleibt«, murmelte Juan. »Er ist bestimmt seit einer Viertelstunde dort oben. Dabei wollte er sich nur mal umsehen.« Sein Blick tastete die wie mit einem Lineal gezogene Krone der Eismauer ab. Von Singh war keine Spur zu sehen.

»Sobald der Nebel ein wenig aufreißt, fahrt ihr zurück zur NAUTILUS«, bestimmte Trautman. »Wenn Singh bis dahin nicht zurück ist, werde ich ihn holen. Wir kommen dann mit dem zweiten Boot nach. Obwohl ich euch eigentlich bis zum Schluss hier lassen müsste«, fügte er in strengerem Tonfall hinzu.

»Aber ... aber wieso denn?«, antwortete Mike. Er verstand nicht, was Trautman meinte.

»Das weißt du ganz genau.« Trautman klang eher resigniert als zornig. »Von Serena habe ich nichts anderes erwartet, und Chris ist noch zu jung, um wirklich zu begreifen, in welche Gefahr er sich gebracht hat. Aber von dir hätte ich mir etwas mehr Vernunft gewünscht. Wie hat sie es nur geschafft, dich zu überreden?«

Jetzt begann Mike allmählich zu begreifen, wovon Trautman sprach. »Moment mal!«, sagte er. »Sie ... Sie glauben doch nicht etwa, dass –«

»Das hat Zeit bis später«, unterbrach ihn Trautman. »Bleibt hier und gebt Acht, wenn sich der Nebel lichtet. Ich will mir das Wrack noch einmal aus der Nähe ansehen.« Er drehte sich um und ging mit schnellen Schritten davon, ehe Mike antworten konnte.

Mike sah ihm völlig verblüfft nach. Trautman glaubte ganz offensichtlich, dass sie Serena und Chris mit zur Insel hinübergenommen hatten. Und das wiederum bedeutete, dass ...

Langsam drehte er sich zu Serena herum, die nur ein paar Schritte neben ihnen stand. Das Mädchen hatte die kurze

Unterhaltung natürlich mit angehört und wusste genau, worum es ging, doch sie hielt Mikes zornigem Blick gelassen stand, und in ihren Augen glomm sogar ein ganz leises Lächeln auf.

»Moment«, murmelte Mike. »Er denkt, dass ... dass du mit uns gekommen bist, richtig?«

»Sieht so aus«, sagte Serena.

»Aber das bist du nicht«, fuhr Mike fort. »Und du bist auch nicht mit dem zweiten Boot gekommen, denn das haben Ben und Trautman genommen«, fuhr Mike fort. »Und die NAUTILUS hat nur zwei Beiboote an Bord.«

»Stimmt ebenfalls«, sagte Serena spöttisch. »Du bist wirklich ein Ausbund an Scharfsinn.«

Mike nahm ihren ironischen Ton nicht zur Kenntnis. »Wie zum Teufel seid ihr dann hierher gekommen?«, fragte er fassungslos.

Serena lächelte. »Das verrate ich dir nicht«, sagte sie. »Ich habe eben noch immer meine kleinen Tricks auf Lager, weißt du?«

»Dann werde ich –« Mike trat beinahe drohend einen Schritt auf Serena zu, hielt dann mitten in der Bewegung inne und zwang sich zur Ruhe. »Also gut. Dann frage ich eben Chris.«

»Nur zu«, sagte Serena. »Er wird dir bestimmt alles sagen, was er weiß.«

Mike spießte sie mit Blicken regelrecht auf, aber er sparte sich jede weitere Frage, sondern hielt nach Chris Ausschau. Er entdeckte ihn ganz in der Nähe des Wracks, zusammen mit Juan. Die beiden warteten offensichtlich auf Trautman, der im Inneren des gestrandeten Schiffes verschwunden war. Mike rannte auf ihn zu, ergriff den jüngeren Freund fast grob an der Schulter und drehte ihn mit einem Ruck zu sich herum. »Wie bist du hierher gekommen?«, fragte er barsch. Chris war vollkommen verdattert. Er verstand nicht, was Mike von ihm wollte. »Mit … mit Serena«, stammelte er.

»Das weiß ich«, antwortete Mike ungeduldig. »Aber *wie* seid ihr beide hierher gekommen?«

»Nun, wir sind …« Chris brach ab und dann breitete sich ein vollkommen hilfloser Ausdruck auf seinem Gesicht aus. »Wir … wir sind …«

»Ja?«, fragte Mike.

»Ich weiß es nicht«, gestand Chris. »Wir sind an Deck gegangen und dann … waren wir plötzlich im Nebel. Und einen Moment später hier.«

»Wie bitte?«, entfuhr es Mike.

»Mehr weiß ich nicht!«, beteuerte Chris. »Bitte lass mich los. Du tust mir weh.«

Tatsächlich hatte Mike seinen Griff um Chris' Schulter so verstärkt, dass es wehtun musste. Hastig ließ er den Jungen los und trat einen halben Schritt zurück. Er musterte Chris sehr aufmerksam, aber alles, was er auf dem Gesicht des Jungen las, war ein Ausdruck maßloser Verwirrung – und wohl auch ein bisschen Angst. Statt weiter in ihn zu dringen, fuhr er auf dem Absatz herum und sah sich hastig um.

»Astaroth!«, rief er. »Wo bist du?«

Vom Kater war keine Spur zu sehen, aber einen Moment später hörte er seine lautlose Stimme direkt in seinem Kopf. *Es ist nicht nötig, zu brüllen,* sagte der Kater. *Nicht, wenn du mit einem zivilisierten Wesen wie mir –*

»Hör mit dem Quatsch auf«, schnappte Mike. »Wie seid ihr hierher gekommen? Ich will es wissen, auf der Stelle!«

Obwohl er den Kater nicht sah, hatte er noch lauter gesprochen als bisher, ja, fast wirklich geschrien. Er bekam auch unverzüglich eine Antwort – allerdings nicht die, die er hören wollte.

Frag Serena, sagte der Kater. *Sie kann es dir besser erklären als ich.*

»Das habe ich bereits getan. Aber sie sagt nichts!«

Und wie kommst du dann auf die Idee, dass ich es täte?, wollte Astaroth wissen. *Ich verrate ihre Geheimnisse ebenso wenig wie du die deiner Freunde.*

»Verdammt, Astaroth, es ist wichtig!« Mike schrie nun tatsächlich – mit dem einzigen Ergebnis, dass Astaroth nicht mehr antwortete.

»Was ist denn nun schon wieder los?« Trautman trat gebückt aus einem fast mannsgroßen Loch im Rumpf der Yacht heraus und sah Mike tadelnd an. »Wieso schreist du hier so herum?«

»Es geht um Serena!«, antwortete Mike erregt. »Sie ist nicht –«

»Da!« Bens Schrei ließ Mike mitten im Satz verstummen und wie alle anderen zu ihm herumfahren. *»Der Nebel! Er reißt auf!«*

Tatsächlich begann sich der Nebel aufzulösen und er tat es auf eine Art und Weise, die so unheimlich war wie er selbst: schnell und lautlos, und er wurde nicht etwa vom Wind auseinander gerissen, wie Bens Worte hatten vermuten lassen, sondern verblasste einfach. Aus dem wattigen Grau wurde ein zartes Weiß, das nach wenigen Sekunden vollends durchsichtig zu werden begann und sich dann ganz auflöste. Der Nebel verschwand einfach vor ihren Augen.

Aber nicht nur der Nebel.

Zusammen mit den grauen Schwaden verschwand auch der Sturm. Der Wind flaute von einer Sekunde auf die andere ab und legte sich dann ganz, und plötzlich lag das Meer, das bis jetzt von meterhohen Wellen aufgepeitscht worden war, wie ein flacher dunkelgrüner Spiegel vor ihnen, durchbrochen von Hunderten und Aberhunderten spitzer Riffe und Felsnasen, die eine wirklich undurchdringliche Barriere vor der Eisküste bildeten. Zum ersten Mal konnte Mike die gestrandeten Schiffe und Wracks wirklich erkennen, die dieser Barriere zum Opfer gefallen waren. Sie bildeten ein fast geometrisches Muster vor dem halbrunden Strand, die andere Hälfte des gedachten Kreises, den die eisige Zufahrt zur Insel darstellte.

Und trotzdem war es nicht dieser Anblick, der Mike bis ins Mark erschütterte. Was ihn wie eine eisige Hand im Nacken berührte und sein Herz vor Schrecken eine Sekunde lang stillstehen ließ, das war vielmehr das, was er *nicht* sehen konnte.

Die NAUTILUS.

Das Schiff war verschwunden!

Wo es gelegen hatte, da erstreckte sich jetzt nur eine glatte, vollkommen unberührte Wasserfläche. Der Ozean war so klar, dass sein Blick bis tief unter die Wasseroberfläche reichte, aber er konnte die NAUTILUS auch dort nirgends sehen. Sie war *einfach nicht mehr da.*

»Aber das ... das gibt es doch nicht«, stammelte Juan. »Wo ist die NAUTILUS?«

»Verschwunden«, murmelte Trautman. »Sie ist fort. Einfach verschwunden. So wie ... wie die Insel vorhin!« Mikes Gedanken begannen sich wild im Kreis zu drehen. Ganz egal, ob es unmöglich war oder nicht, es gab nichts an den Tatsachen zu rütteln – das Unterseeboot war nicht mehr da. Entweder das, oder ...

... oder *sie* waren nicht mehr dort, wo sich die NAUTILUS befand. Und der Rest der Welt.

»Vielleicht ... vielleicht können wir sie nur nicht mehr sehen«, stammelte Juan. Seine Stimme verriet, dass er einer Panik nahe war, aber damit befand er sich in guter Gesellschaft. Auch Mike fiel es immer schwerer, wenigstens äußerlich die Beherrschung zu wahren. Und den anderen wahrscheinlich auch.

»Ja, das muss es sein!«, stieß Juan hervor, offenbar verzweifelt darum bemüht, eine Erklärung für das Unerklärliche zu finden. Er war von allen an Bord immer der gewesen, dem es am schwersten fiel, irgendetwas zu akzeptieren, was er nicht mit Logik und klarer Überlegung erklären konnte. »Sie ist noch da, aber irgendwie können wir sie nicht mehr sehen. Dasselbe muss vorhin mit der Insel passiert sein. Irgendeine ... irgendeine Art von Spiegelung. So etwas wie eine umgekehrte Fata Morgana!«

Er sah Trautman flehend an, aber die Bestätigung, auf die er wartete, kam nicht. Mike war nicht einmal davon überzeugt, dass Trautman die Worte überhaupt gehört hatte. Er starrte noch immer fassungslos das Meer und die Stelle an, an der eigentlich die NAUTILUS sein sollte. Schließlich löste sich sein Blick von der Wasseroberfläche und glitt ein Stück nach rechts.

»Das Boot«, murmelte er. »Es ist auch verschwunden.«

Mike blickte das Boot, neben dem noch immer Ben und Serena standen, einen Moment lang verständnislos an, ehe er begriff, dass Trautman von dem zweiten Boot der NAUTILUS sprach, mit dem Ben und er gekommen waren. Es hätte eigentlich jetzt, wo der Nebel nicht mehr da war, deutlich sichtbar auf dem Strand liegen müssen. Aber es war nicht da.

»Vielleicht hat es eine Welle fortgerissen«, sagte er.

»Wir haben es festgebunden, genau wie ihr«, antwortete Trautman. »Unmöglich.«

Hinter Mikes Stirn jagten sich noch immer die Gedanken, aber sie begannen nun allmählich wieder in geordneteren Bahnen zu verlaufen. Irgendetwas war an diesen scheinbar unmöglichen Vorgängen, was doch wieder eine Art von Logik zu haben schien. Etwas Wichtiges, und es war im Grunde ganz einfach. Er musste sich nur zwingen, einen Moment lang in Ruhe nachzudenken.

Juan schrie plötzlich gellend auf und deutete auf Ben, Serena und das zweite Boot, das noch immer ein kleines Stück vom Wasser entfernt auf dem Eis lag, und als Mikes Blick seinem ausgestreckten Arm folgte, da entrang sich auch seiner Kehle ein entsetzter Schrei.

Das Boot begann zu verblassen.

Es war der gleiche Effekt wie vorhin beim Nebel, nur jetzt, wo er etwas Massives, Greifbares betraf, ungleich erschreckender: Das schmale Boot schien alle Farbe zu verlieren und sich in einen Schatten aus rauchigem Dunst zu verwandeln, der nur noch durch Zufall die Umrisse eines fünf Meter langen Bootes bildete, und nur eine Sekunde später konnten Mike und die anderen das Eis durch seinen Rumpf hindurchschimmern sehen.

»Serena! Ben!«, schrie Trautman mit überschnappender, schriller Stimme. *»Lauft!«*

Seine Warnung wäre nicht nötig gewesen – die beiden hatten ebenfalls bemerkt, was mit dem Boot geschah, und reagierten ganz instinktiv – sie wirbelten auf der Stelle herum und rannten, was das Zeug hielt. Trotzdem hatten sie die Distanz zu Mike und den anderen noch nicht einmal zu einem Drittel hinter sich gebracht, als das Boot vollends durchsichtig zu werden begann und dann verschwand. Wie der Nebel, wie der Sturm und die NAUTILUS war es einfach nicht mehr da.

»Großer Gott!«, flüsterte Trautman. Seine Hände zitterten, und sein Gesicht war fast so weiß wie das Eis, auf dem sie standen. »Weg hier. Wir ... wir müssen von diesem Strand herunter, *schnell!«*

Das letzte Wort hatte er geschrien. Noch bevor Ben und das Mädchen heran waren, lief er bereits mit weit ausgreifenden Schritten auf die Eiswand zu, wobei er Chris kurzerhand am Arm ergriff und hinter sich herzerrte. Die anderen folgten ihm, und auch Mike rannte über das Eis, so schnell es der glatte Untergrund zuließ – aber er hatte die ganze Zeit über das Gefühl, einen Fehler zu begehen. Etwas an dem, was sie taten, war falsch, aber er wusste einfach nicht, was.

Und ihm blieb auch keine Zeit, darüber nachzudenken. Dicht vor Ben und Serena erreichte er die Eiswand, und Trautman fasste ihn grob am Arm und stieß ihn vorwärts. Mike griff nach oben und klammerte sich an dem Seil fest, das Singh an der Wand befestigt hatte, und seine Füße fanden einen schmalen, aber sicheren Halt auf den Steigeisen, die aus dem Eis ragten. Sofort begann er zu klettern, und die Todesangst, die sich mittlerweile in ihm breit gemacht hatte, verlieh ihm scheinbar übermenschliche Kräfte. Ehe er es sich auch nur versah, hatte er bereits die Hälfte der Strecke nach oben überwunden und musste sein Tempo ein wenig zurücknehmen, da Chris vor ihm herkletterte. Ein Blick nach unten zeigte ihm, dass auch Juan und Serena bereits damit begonnen hatten, die Eismauer zu erklimmen. Ben griff in genau diesem Moment nach dem Seil, während Trautman noch dastand und den nunmehr leeren Strand anstarrte, auf dem das Schiff gelegen hatte, das –

Und dann wusste Mike es.

Die Erkenntnis traf ihn so plötzlich, dass er vor lauter Überraschung fast das Seil losgelassen hätte. Im letzten Moment klammerte er sich wieder fest, hielt aber vollends im Klettern inne – und trat Juan, der ihm dichtauf folgte, prompt auf die Finger, als dieser nach dem Steigeisen griff.

»He!«, protestierte Juan. »Bist du verrückt? Klettere weiter!«

»Aber das dürfen wir nicht!«, keuchte Mike. »Es ist ein Fehler, verstehst du nicht? Wir müssen zurück!«

»Du bist verrückt!«, schrie Juan zurück. »Weiter, ehe ich dir Beine mache!«

»Aber das ist –«

»Mike! Weiter!«, donnerte Trautman von unten her und in seiner Stimme lag eine solche Autorität, dass Mike ganz automatisch tat, was er verlangte, und weiterkletterte. Juan begann vor lauter Ungeduld und Angst unter ihm nachzuschieben und so erreichte er fast gegen seinen Willen wenige Augenblicke später das obere Ende der Eiswand und zog sich mit einem letzten Ruck hinauf. Flüchtig nahm er zur Kenntnis, dass sich das Bild hier oben nicht von dem weiter unten unterschied – wohin er auch blickte, sah er nur blendendes Weiß. Er drehte sich herum und streckte die Hand aus, um Juan zu helfen. Der junge Spanier griff danach, zog sich mit einem Ruck, der Mike beinahe aus dem Gleichgewicht gebracht hätte, zu ihm hinauf und griff dann seinerseits nach unten, um Serena heraufzuhelfen. Auf diese Weise verging kaum mehr eine Minute, bis schließlich auch Ben und als letzter Trautman selbst oben auf dem Eis waren. Auf Trautmans Schulter hockte ein struppiges Fellbündel, das sich mit sämtlichen Krallen an der dicken Pelzjacke festhielt.

Und wie es aussah, hatte Trautman es wohl im allerletzten Moment noch geschafft – kaum war er ganz auf dem Eis und richtete sich auf, da begann das Seil in Mikes Händen zu zittern und vor ihm zu verblassen. Nicht einmal eine Sekunde später hielt Mike nur noch ein kurzes Tauende in den Fingern, so präzise und glatt abgeschnitten wie mit einem Skalpell. Eine Sekunde lang starrte er es an, dann ließ er es so plötzlich fallen, als hätte er glühendes Eisen berührt, und beugte sich behutsam vor. Er sah genau das, was er erwartet hatte. Trotzdem erschreckte es ihn zutiefst. Die Wand unter ihnen war wieder vollkommen glatt und unberührt. Nicht nur das Seil, auch die Haken, die Singh eingeschlagen hatte, waren nicht mehr da. Selbst die Löcher, in denen sie gesessen hatten, waren verschwunden.

»Das war knapp«, sagte Trautman. »Ich dachte schon, ich schaffe es nicht mehr.«

Mikes Blick wanderte von einem Gesicht zum anderen. »Ich glaube, wir haben gerade einen schrecklichen Fehler gemacht«, sagte er.

»Und welchen?«, wollte Trautman wissen.

Mike zögerte. »Ich hoffe, ich irre mich«, antwortete er dann, »aber ich fürchte, wir haben gerade selbst die Tür hinter uns zugeschlagen. Es fing damit an, dass die Insel verschwand, nicht? Und als Nächstes dann die NAUTILUS und Trautmans Boot.«

»Und?«, fragte Trautman. »Worauf willst du hinaus?« Er klang ein wenig beunruhigt. Vielleicht ahnte er, was Mike meinte.

»Ich frage mich, ob vielleicht nicht die NAUTILUS und das Boot verschwunden sind, sondern *wir*«, antwortete Mike.

»Also, ich habe das Gefühl, ich bin noch hier«, sagte Ben spitz. »Allerdings beginne ich mich zu fragen, ob du noch ganz da bist.«

»Das kommt immer darauf an, wo dieses *da* ist«, sagte Mike ernst. »Was ich meine – vielleicht ist jetzt wieder dasselbe passiert wie vorhin, als die Insel vor euren Augen verschwunden ist. Wir hier haben nichts davon gemerkt, aber für euch war sie einfach weg, wenn auch nur für eine kurze Zeit. Überleg doch selbst – diese Insel muss riesig sein und dazu noch all diese gestrandeten Schiffe, die beweisen, dass sie nicht ganz so abseits von allen bekannten Routen liegen kann, wie wir bisher angenommen haben. Aber sie ist trotzdem auf keiner einzigen Karte eingezeichnet. Eigentlich ist das schwer vorstellbar, nicht?«

»Es ist aber so, oder?«, antwortete Ben.

»Da bin ich eben nicht mehr so sicher«, erwiderte Mike. »Wisst ihr, ich frage mich, ob in Wahrheit vielleicht nicht die NAUTILUS und die beiden Boote einfach verschwunden sind, sondern diese Insel hier. Zusammen mit uns.«

»Ich verstehe«, murmelte Trautman. »Du meinst, als das Boot vor unseren Augen verschwand, da ... da kehrte es dahin zurück, wo auch das andere Boot und die NAUTILUS sind.«

»Ja«, sagte Mike. »Und wenn wir an Bord gewesen wären, dann hätte es uns wahrscheinlich mitgenommen.«

»Oh«, sagte Juan. Mehr nicht – aber der betroffene Ausdruck auf seinem Gesicht machte auch jedes weitere Wort überflüssig. Zumindest *er* hatte vollends begriffen, worauf Mike hinauswollte.

»Du meinst, die Insel taucht manchmal auf und verschwindet wieder?«, fragte Ben. »Und du meinst weiter, sie nimmt dabei nur die Dinge mit, die zu ihr gehören, nichts Fremdes, wie?«

»So ungefähr«, bestätigte Mike.

Ben machte eine Geste, als wollte er seine Worte zur Seite fegen. »Selbst wenn es so ist«, sagte er. »Wir brauchen doch nur wieder hinunterzuklettern und abzuwarten, bis es wieder passiert. Danach landen wir dann automatisch wieder in unserer Welt.«

»Hinunterklettern? Ohne Seil? Und selbst wenn – weißt du noch genau, wo die Boote waren, oder möchtest du es riskieren, dich plötzlich im eiskalten Wasser wieder zu finden und in einer Brandung, die dich sofort gegen die Felsen schmettert?«

»Hört auf zu streiten«, sagte Trautman müde. »Das nutzt uns

jetzt auch nichts mehr. Wir werden jetzt Singh suchen und dann überlegen wir gemeinsam, was wir weiter tun.« Er drehte sich einmal im Kreis. »Ich verstehe gar nicht, wo er bleibt.«

»Vielleicht hat er sich verirrt?«, fragte Chris.

»Kaum«, erwiderte Trautman kopfschüttelnd. »Singh würde niemals ...« Er brach ab und runzelte nachdenklich die Stirn. »Dieser Nebel«, murmelte er. »Ich kann mich gar nicht erinnern, dass er vorhin da war.«

Mike hingegen konnte sich sehr wohl erinnern – nämlich daran, dass es vor einer Minute hier oben *ganz bestimmt* nicht nebelig gewesen war. Sein Blick war weit und ungehindert über eine schier endlose weiße Einöde gegangen, die so groß war, dass sie mit dem Horizont verschmolz, ehe man ihr Ende erkennen konnte. Jetzt konnten sie kaum noch hundert Meter weit sehen. Und die Sicht wurde immer schlechter. Graue Schwaden trieben plötzlich zwischen Himmel und Erde, und in der Luft lag ein sonderbarer, feuchter Geruch, der vorhin auch noch nicht da gewesen war. Ganz wie unten am Strand erreichte sie der Nebel nicht wirklich, sondern stoppte seinen Vormarsch in einer Entfernung von fünfzehn oder zwanzig Metern, aber ebenso wie dort sahen sie sich schließlich von einer undurchdringlichen Mauer aus wattigem Grau eingeschlossen. Auch hier formte der Nebel einen Halbkreis, dessen gerade Fläche von der Eiswand gebildet wurde – nur dass diesmal ein Abgrund hinter ihnen lag, keine Wand. Aber Mike begriff plötzlich, dass die Fläche, die der unheimliche graue Dunst freiließ, immer einen perfekten Kreis darstellte, der von der eisigen Barriere in zwei präzis gleiche Hälften geteilt wurde.

»Unheimlich«, flüsterte Ben. »Das ist beängstigend.«

»Ja, und ich fürchte, Singh ist irgendwo dort drinnen«, sagte Trautman. »Vermutlich ist das der Grund, aus dem er nicht zurückgekommen ist. Vielleicht kann er es gar nicht mehr.«

Ben riss entsetzt die Augen auf und starrte Trautman an. »Sie wollen doch nicht etwa dort hineingehen und ihn suchen?«, keuchte er.

»Hast du eine bessere Idee?«, fragte Mike. Er machte eine ausholende Bewegung, die die freigebliebene Fläche einschloss. »Du kannst natürlich hier bleiben und darauf warten, dass ein Wunder geschieht«, sagte er. »Aber ich fürchte eher, dass du erfrieren wirst – oder verhungern. Ich gehe jedenfalls und suche Singh.«

Ben wurde noch bleicher, aber Trautman sagte: »Also gut. Gehen wir. Aber bleibt dicht zusammen. Wenn wir uns in diesem Nebel verlieren, finden wir uns nie mehr wieder.«

Sie hatten sich an den Händen ergriffen und formten so eine Kette, deren Anfang Trautman und dessen Ende Juan bildeten, aber der Nebel wurde bald so dicht, dass Mike nicht einmal mehr den vor ihm gehenden Ben wirklich erkennen konnte. Er fühlte seine Hand, und er sah einen verschwommenen dunklen Umriss vor sich, aber mehr nicht. Und der Nebel verschluckte nicht nur jedes bisschen Licht, er schien auch ihre Stimmen aufzusaugen. Sie riefen immer wieder Singhs Namen, doch das Einzige, was Mike hörte, war seine eigene Stimme: kein Echo, nicht die Rufe der anderen.

Er hätte nicht einmal sagen können, wie lange sie durch diesen Nebel stolperten. Vielleicht Stunden, vielleicht nur Minuten.

Es war, als bewegte er sich durch einen Traum, in dem die Wirklichkeit zu grauer Irrealität zerrann, und er hätte sich nicht einmal mehr gewundert, hätte er sich schließlich selbst in diesem Universum aus wogendem Grau aufgelöst.

Stattdessen begann sich der Nebel schließlich zu lichten. Mike konnte noch immer nicht viel weiter als einige Schritte sehen, aber er erkannte nun zumindest Ben wieder deutlich und auch die vor ihm gehende Serena. Und dann fiel ihm auf, dass ihm etwas Feuchtes über sein Gesicht lief, und als er Bens Hand losließ und sich über die Wange fuhr, da schimmerten ein paar Wassertropfen auf seinem Handschuh.

»He!«, protestierte Ben. »Wieso lässt du mich los?«

Mike griff hastig wieder nach seiner Hand und sie gingen weiter, aber er konnte nun sehen, wie sich auch in Bens Pelzjacke immer mehr winzige schimmernde Wassertröpfchen bildeten. Und noch etwas: Als Ben sich gerade zu ihm herumgedreht hatte, da hatte er zum ersten Mal seit Stunden jemanden reden sehen, ohne dass sein Atem als grauer Dampf im Rhythmus der Worte vor seinem Gesicht erschien.

»Es wird wärmer«, rief Trautman in diesem Moment vom Anfang der Gruppe her. »Merkt ihr es auch?«

Der Nebel ließ seine Worte noch immer sonderbar dumpf und falsch klingen, aber er verschluckte sie nun nicht mehr vollkommen. Und je weiter sie gingen, desto mehr lichtete er sich. Bald konnten sie wieder zehn oder fünfzehn Meter weit sehen, sodass sie es nacheinander wagten, einander loszulassen, trotzdem aber dicht beieinander blieben.

Ganz allmählich begann sich das, was sie von ihrer Umgebung erkennen konnten, zu verändern. Unter ihren Stiefeln knirschte noch immer Eis, aber dazwischen schimmerte jetzt immer öfter der blanke Fels hindurch, und hier und da glaubte Mike sogar einen Tupfen Grün oder Braun zu erkennen. Und schließlich tauchten die ersten Bäume vor ihnen auf.

Eigentlich waren es nur die Skelette von Bäumen. Blattlos und vielleicht schon vor Jahrtausenden zu Stein erstarrt, reckten sie sich wie vielfingrige schwarze Hände dem Himmel entgegen, der noch immer hinter einer grauen, undurchdringlichen Decke verborgen lag, und trotzdem atmete Mike bei ihrem Anblick hörbar auf, denn es waren die ersten Zeugen von Leben, auf die sie auf dieser eisigen Insel am Rand der Welt trafen.

Und es blieben nicht die Einzigen. Die Anzahl der Bäume nahm zu, sodass sie sich bald durch einen regelrechten Wald bewegten, und auch wenn er tot und vielleicht schon vor Urzeiten zu Stein erstarrt war, es *gab* Leben in ihm – ein paar Flecken kärgliches Moos hier, einige Grasbüschel da, erbärmlich wenig, aber auch genug um zu zeigen, wie hartnäckig das Leben selbst unter den ungünstigsten Umständen immer wieder Fuß zu fassen vermochte.

Sonderbarerweise schien der Anblick dieses Waldes Trautman eher zu beunruhigen. Sie waren immer langsamer gegangen, seit sie in den versteinerten Wald eingedrungen waren, und schließlich blieb Trautman stehen und sah sich aus eng zusammengekniffenen Augen um.

»Irgendetwas stimmt hier nicht«, murmelte er zum wiederholten Male. »Diesen Wald dürfte es gar nicht geben. Nicht so weit im Norden. Es ist viel zu kalt dafür.«

Genau genommen war es das schon lange nicht mehr. Es war beständig wärmer geworden und Mike fiel erst jetzt wirklich auf, dass er eigentlich schon seit einer geraumen Weile gar nicht mehr fror. Trotzdem sagte er: »Dieser Wald scheint sehr alt zu sein. Vielleicht Hunderte von Jahren oder sogar Tausende.«

»Hier war es auch vor Tausenden von Jahren nicht wärmer«, behauptete Trautman. »Im Gegenteil.«

»Seht mal, dort vorne!«, rief Chris plötzlich. »Es wird heller. Der Nebel scheint sich zu verziehen.«

Aller Aufmerksamkeit konzentrierte sich auf die Richtung, in die Chris' ausgestreckter Arm wies, und tatsächlich – vor ihnen schimmerte es heller durch die Baumstämme. Es war noch kein wirkliches Tageslicht, aber der Nebel war dort nicht mehr so dicht wie hier. Wortlos und weitaus rascher als bisher marschierten sie weiter. Die Bäume wurden immer dichter und manchmal mussten sie jetzt mitten durch die Skelette ebenfalls versteinerter Büsche hindurch, die wie Glas unter ihren Schritten zerbrachen, aber nach weiteren dreißig oder vierzig Schritten hörte der Wald plötzlich wie abgeschnitten auf, und als sie zwischen den letzten Bäumen hervortraten, da hatten sie auch den Rand des Nebels erreicht und vor ihnen lag ...

Mike rieb sich verblüfft mit den behandschuhten Fingern über die Augen, nahm die Hände herunter, blinzelte, blinzelte noch einmal und schloss schließlich die Augen, um in Gedanken ganz langsam bis drei zu zählen, ehe er die Lider wieder hob. Der Anblick hatte sich nicht verändert.

Unter ihnen breitete sich ein weites, von wucherndem Grün

erfülltes Tal aus. Es musste mehrere Meilen breit und so lang sein, dass sein jenseitiges Ende in grüngrauem Dunst verschwand. Ein gewundener Fluss schlängelte sich silbern glitzernd zwischen den Bäumen hindurch, die auf dem Talboden wuchsen, und ein warmer, feuchter Windhauch schlug ihnen ins Gesicht, begleitet von den unterschiedlichsten Geräuschen, die zum Teil vertraut, zum Teil fremd waren.

»Das ist nicht möglich«, murmelte Ben. »Ich ... ich träume wohl! Ich muss am Seil abgerutscht und furchtbar auf den Kopf gefallen sein!«

»Das vermuten wir alle schon seit einer geraumen Weile«, sagte Juan. Aber seine Stimme zitterte, und der gepresste Ton, in dem er sprach, nahm den Worten jeglichen scherzhaften Klang.

»Unglaublich!«, flüsterte Trautman. »Das ist ... ein Wunder.«

»Da unten!«, rief Chris. »Das ist Singh. *Singh!*«

Das letzte Wort hatte er geschrien und die Gestalt, die gerade in diesem Moment zwischen den Bäumen unter ihnen aufgetaucht war, hatte es offensichtlich gehört, denn sie änderte abrupt ihre Richtung und rannte mit weiten Sprüngen auf sie zu. Es war tatsächlich Singh. Mike hatte ihn im ersten Moment kaum erkannt, denn der Inder hatte die dicke Pelzjacke ausgezogen und auch der weiße Turban, den er unter der Kapuze getragen hatte und ohne den er normalerweise nie anzutreffen war, fehlte.

Wie auf ein unhörbares Kommando hin setzten sie sich alle gemeinsam in Bewegung und liefen dem Sikh entgegen. Singh riss im Laufen die Arme in die Höhe und winkte ihnen zu. Er rief irgendetwas, was Mike nicht verstand, und er wirkte wie ein Mensch, der *vor irgendetwas davonrannte.*

Und dann teilten sich die Bäume hinter dem Inder und das Ungeheuer brach heraus.

Der Anblick war so bizarr, dass Mike noch ein paar Schritte weiterrannte, ehe er überhaupt begriff, dass das, was er dort sah, *wirklich* war, und ungeschickt stolpernd stehen blieb. Wenn dieser Wald und das fruchtbare Tal schon unmöglich gewesen waren, dann war das, was sie jetzt erblickten, geradezu absurd.

Das Geschöpf musste an die drei Meter groß sein und seine Länge schätzte Mike auf gut das Drei- bis Vierfache. Es lief auf zwei gewaltigen Hinterbeinen, hatte einen schlanken, trotzdem aber sehr muskulösen Körper und zwei geradezu lächerlich kleine Vorderläufe, die beinahe an menschliche Arme erinnerten, nur dass sie nicht in Händen, sondern in Furcht einflößenden, dreifingrigen Klauen endeten, die es gierig nach seinem Opfer ausgestreckt hatte. Ein langer, sehr kräftiger Schwanz, den es im Laufen fast waagrecht ausgestreckt hatte, hielt das schreckliche Geschöpf im Gleichgewicht. Der Kopf war ein wahrer Albtraum. Er schien viel zu groß für den Rest des Körpers und in dem weit aufgerissenen Maul, in dem Dutzende von gebogenen, sicherlich fingerlangen Zähnen blitzten, konnte ein sitzender Mensch bequem Platz finden. Das Geschöpf musste mindestens drei oder vier Tonnen wiegen, denn Mike konnte trotz der noch großen Entfernung spüren, wie der Boden unter seinen Schritten erbebte, aber es bewegte sich trotzdem mit unglaublicher Geschwindigkeit. Seine ungeheure Größe ließ es weitaus plumper erscheinen, als es war.

Und trotzdem war es nicht seine Größe oder der Anblick des Furcht erregenden, aufgerissenen Maules, die Mike sekundenlang wie gelähmt dastehen und dem heranrasenden Koloss entgegenstarren ließ. Es war der Umstand, dass er *wusste*, was das für ein Geschöpf war. Er hatte ein Wesen wie dieses noch niemals lebend gesehen – kein Mensch auf der Welt hatte das, aber natürlich kannte er Bilder, und er hatte mehr als einmal mit offenem Mund vor dem *Skelett* einer solchen Kreatur gestanden.

Das Wesen, das Singh verfolgte, war nichts anderes als ein *leibhaftiger Dinosaurier!*

Und erst als er dieses Wort ganz bewusst dachte, wurde ihm klar, in welcher Gefahr sie sich alle befanden.

Mit einem gellenden Schrei wirbelte er herum und rannte den Hang wieder hinauf, so schnell er nur konnte, und im gleichen Moment erwachten auch die anderen endlich wieder aus ihrer Erstarrung und ergriffen die Flucht. Sie hatten sich noch nicht allzu weit vom Waldrand entfernt und das Entsetzen über den Anblick des urzeitlichen Tieres gab ihnen zusätzliche Kräfte.

Trotzdem hätten sie es beinahe nicht geschafft.

Der Saurier musste wohl Mikes Schrei gehört haben, denn als Mike im Rennen einen Blick über die Schulter zurückwarf, da bemerkte er entsetzt, dass das Ungeheuer langsamer geworden war – und aus seinen kleinen, bösartig funkelnden Augen direkt zu ihnen heraufsah.

Und dann änderte es jäh seinen Kurs und rannte genau auf ihn zu!

Mike schrie erneut auf, raffte all seine verbliebenen Kräfte zusammen und rannte so schnell wie niemals zuvor im Leben. Der Waldrand kam rasch näher, aber ein weiterer Blick zurück zeigte ihm, dass auch der Saurier aufholte, und das mit entsetzlicher Schnelligkeit. Als das Ungeheuer aus dem Wald aufgetaucht war, hatten zwischen ihm und Mike vielleicht hundert Meter gelegen. Jetzt betrug die Distanz allerhöchstens noch zehn, dann fünf – und dann hatte Mike den schützenden Nebel erreicht und war mit einem Satz zwischen den Bäumen. Das versteinerte Unterholz zersplitterte unter seinen Schritten, als er rücksichtslos hindurchbrach, aber er wurde nicht langsamer. Hinter ihm begann sich ein ungeheurer Schatten im Nebel abzuzeichnen, und er konnte deutlich spüren, wie der Boden unter den stampfenden Schritten des Giganten erzitterte.

Hinter ihm erklang ein unvorstellbar lautes, unvorstellbar zorniges Brüllen, ein Laut, wie Mike ihn niemals zuvor im Leben gehört hatte und den er niemals wieder vergessen sollte, und er konnte hören, wie die versteinerten Bäume unter dem Ansturm des Kolosses zersplitterten wie Zahnstocher unter den Tritten eines Riesen.

Ein Schatten tauchte vor Mike auf, lautlos und schnell wie ein Gespenst, schien mit hundert dürren Händen zugleich nach ihm zu greifen und zerrte an seiner Jacke. Mike wich dem Baum im letzten Moment aus, duckte sich unter einem tief hängenden Ast hindurch, an dem er sich beinahe selbst aufgespießt hätte, und sah wieder zu dem Ungeheuer zurück. Es war im Nebel nur als riesiger, verzerrter Schatten zu erkennen, aber es kam noch immer näher. Die Bäume behinderten sein Vorwärtskommen nicht im Mindesten. Es rannte sie einfach nieder.

Das konnte Mike nicht. Er prallte wuchtig gegen einen Baum, stolperte einen Schritt zurück und fiel halb bewusstlos auf den Rücken. Für eine Sekunde wurde es dunkel rings um ihn herum. Er konnte nichts mehr sehen und alles, was er hörte, war das Rauschen seines eigenen Blutes in den Ohren.

Als er die Augen wieder öffnete, ragte ein gigantischer, krallenbewehrter Fuß direkt vor ihm in die Höhe.

Der Anblick war einfach zu entsetzlich, um Angst in ihm aufkommen zu lassen. Langsam drehte er den Kopf und ließ seinen Blick an dem Fuß und dem dazugehörigen, unvorstellbar großen Bein emporwandern, weiter den mit kleinen, grün und braun glänzenden Schuppen besetzten Leib empor und schließlich bis zu dem aufgerissenen Maul und den faustgroßen funkelnden Augen. Das Ungeheuer stand, seine Krallen gierig ausgestreckt, breitbeinig über ihm, wie ein Jäger, der sich über das Wild beugt und sich noch einen Moment an seinem Anblick erfreut, ehe er es endgültig erlegt. Von den Zähnen, die wie kleine, gebogene Dolche in seinem Maul blitzten, troff Geifer. Der Saurier breitete die Vorderläufe aus, beugte sich vor und riss brüllend das Maul auf, und im gleichen Moment flog ein schwarzer Schatten aus dem Wald heraus, landete auf seiner Schnauze und begann fauchend und geifernd und mit allen Krallen gleichzeitig auf ihn einzuschlagen.

Brüllend richtete sich der Koloss wieder auf und schüttelte den Kopf, und obwohl die Bewegung eher beiläufig wirkte, war sie doch von solcher Kraft, dass Astaroth einfach davongeschleudert wurde und meterweit durch die Luft flog, ehe ein Busch seinen Sturz beendete. Sofort war er wieder auf den

Füßen, raste zurück und sprang auf Mikes Brust. Seine Fänge waren gebleckt. Ein tiefes, drohendes Knurren drang aus seiner Brust.

Der Saurier senkte erneut den Schädel, riss ein zweites Mal das Maul auf – und zögerte.

Astaroth schlug mit den Klauen nach ihm. Seine Krallen vermochten die gepanzerte Haut des Giganten nicht einmal anzukratzen und vermutlich spürte er die Berührung nicht einmal. Trotzdem packten die riesigen Fänge nicht zu. Der Saurier stand einfach da und starrte Mike und den Kater an. Das Maul war noch immer geöffnet, die furchtbaren Klauen zum Zupacken bereit ausgestreckt – aber er griff nicht an. Seine riesigen Augen fixierten das fauchende Fellbündel auf Mikes Brust und dann konnte Mike regelrecht sehen, wie etwas Neues im Blick dieser gigantischen Reptilienaugen erschien, ein Ausdruck von ... Verwirrung? Unsicherheit?

Und das Wunder geschah. Ganz langsam, zögernd und fast widerwillig hob der Saurier wieder den Kopf. Das gewaltige Maul schloss sich, ohne Mike und Astaroth verschlungen zu haben, und die fürchterlichen Klauen zogen sich wieder zurück. Einige Sekunden lang stand der Koloss noch da und starrte auf Mike hinab, dann richtete er sich vollends auf, drehte sich herum und begann in die Richtung zurückzustapfen, aus der er gekommen war. Sein gewaltiger Schwanz peitschte so dicht über Mike hinweg, dass er den Luftzug spüren konnte und Astaroth sich erschrocken duckte, und nur einen Augenblick später war das Ungeheuer verschwunden.

Mike blieb noch ein paar Sekunden mit angehaltenem Atem

und vollkommen reglos auf dem Rücken liegen, ehe er auch nur wagte, wieder Luft zu holen und sich auf die Ellbogen hochzustemmen. Astaroth sprang mit einem Satz von seiner Brust herunter, und Mike bemerkte erst jetzt, dass die Krallen des Katers sich durch seine Jacke gebohrt und eine Anzahl brennender Kratzer auf seiner Haut hinterlassen hatten.

»Wie ... wie hast du das gemacht?«, murmelte er.

Ich habe ihm erzählt, dass ich Vater von vier Kindern bin und er sich um sie und meine Witwe kümmern muss, wenn er mich frisst, antwortete Astaroth.

»Astaroth, bitte!«, sagte Mike müde. »Ich bin nicht in der Stimmung für deine Witze.«

Ich auch nicht, gestand Astaroth. Er kauerte sich neben Mike zusammen und Mike sah, dass er am ganzen Leib zitterte. *Ehrlich gesagt, ich weiß es nicht. Er ist ... kein Tier, weißt du?*

»Kein Tier?«

Nicht so, wie ihr glaubt. Er ... er denkt. Aber anders als ihr oder ich. Ich wollte mit ihm reden, aber das geht nicht. Aber ich glaube, ich ... ich habe ihm Angst gemacht ... irgendwie.

»Irgendwie?«

Genauer kann ich es nicht sagen, murrte Astaroth.

»Na gut«, sagte Mike. »Es spielt auch keine Rolle. Du hast ihn vertrieben. Das allein zählt.«

Vielleicht, antwortete Astaroth kleinlaut. *Aber ich bin nicht sicher, dass ich es noch einmal könnte.* Er schüttelte sich. *Es war furchtbar. Er denkt, aber er ist so ... so anders. Tust du mir einen Gefallen?*

»Jeden«, antwortete Mike impulsiv.

Verrate den anderen nicht, was hier passiert ist. Wenigstens noch nicht.

Mike nickte zögernd. Er verstand den Grund für Astaroths Bitte nicht ganz, aber er akzeptierte sie und er war Astaroth diesen Gefallen auch schuldig – schließlich hatte der Kater ihm gerade das Leben gerettet. Er kam auch nicht mehr dazu, eine weitere Frage zu stellen, denn in diesem Moment wurden bereits Schritte hinter ihnen laut, und kaum eine Sekunde später stürmten Trautman und Serena aus dem Nebel heraus, gefolgt von Chris, Ben und Juan und als Letztem Singh.

»Mike!« Trautman blieb wie angewurzelt stehen, als er Mike auf dem Boden liegen sah. »Bist du –?«

»Es ist alles in Ordnung«, unterbrach ihn Mike hastig. »Mir ist nichts passiert, keine Angst.« Er stand auf und bewegte demonstrativ die Arme, um seine Behauptung zu beweisen. »Ich bin okay, wirklich.«

»Ich dachte schon, es wäre um dich geschehen«, sagte Trautman. Die Erleichterung, Mike lebend und sogar unversehrt vorzufinden, stand ihm deutlich ins Gesicht geschrieben. »Wir sahen, wie er dir folgte, und dann hörten wir dich schreien und dann diese furchtbaren Geräusche ... und dir ist wirklich nichts passiert?«

»Wirklich nicht«, versicherte ihm Mike. »Obwohl ich dachte, mein letztes Stündlein hätte geschlagen. Es war so knapp.« Er hielt die Hand in die Höhe und deutete mit Daumen und Zeigefinger einen winzigen Abstand an. »Ich habe einfach Glück gehabt, schätze ich. Ich bin an einen Baum gerannt und hingefallen. Wahrscheinlich hat er mich dabei aus den Augen verloren.« Er schüttelte sich übertrieben. »Wenn ich nicht gestürzt wäre ...«

»Wahrscheinlich hat dir das das Leben gerettet«, sagte Chris. »Das war ein Allosaurier. Manche Wissenschaftler glauben, dass sie nicht besonders gut sehen konnten und nur auf Bewegung reagierten. Wahrscheinlich hätte er dich gefressen, wenn du weitergerannt wärst.« Er schüttelte ein paar Mal den Kopf und sah Mike bewundernd an. »Weißt du eigentlich, was du für ein Glück gehabt hast? Das ist wahrscheinlich eines der gefährlichsten Raubtiere, die jemals auf dieser Welt gelebt haben.«

»Wieso haben?«, fragte Ben. »Mir kam er ziemlich lebendig vor.«

»Diese Gattung ist vor über hundertzwanzig Millionen Jahren ausgestorben«, sagte Chris gewichtig.

Ben zog eine Grimasse. »Das scheint sich noch nicht überall herumgesprochen zu haben, Schlaukopf«, sagte er. »Oder der alte Knabe war gut in Form. Für einen Greis von hundertzwanzig Millionen Jahren Alter läuft er jedenfalls ganz schön schnell.«

Chris starrte ihn eine Sekunde lang verblüfft an, aber dann begann Ben zu lachen, und nach einem Moment stimmten auch Chris und schließlich alle anderen darin ein. Bens Witz war nicht besonders komisch, und vor allem Mike war nicht nach Lachen zumute. Er hätte sich viel lieber in eine Ecke gekauert und ein bisschen vor Angst gezittert. Aber es war trotzdem ein befreiendes Lachen, das seine Anspannung ein wenig milderte.

Der Einzige, der nicht darin einfiel, war Trautman. Er stand reglos da und blickte auf den Abdruck hinab, den Mikes Körper deutlich sichtbar im weichen Waldboden hinterlassen hatte. Und auf die beiden gewaltigen Fußabdrücke des Sauriers, die rechts und links davon zu erkennen waren.

Sie waren diesmal sehr viel vorsichtiger, ehe sie den Wald und den schützenden Nebel verließen, und keiner von ihnen erhob irgendwelche Einwände, als Astaroth vorschlug, als Späher vorauszugehen und das Gelände zu sondieren – falls der Saurier tatsächlich noch in der Nähe war, würde er an einer so kleinen Beute wie dem Kater wahrscheinlich gar kein Interesse haben. Wenigstens war es das, was Mike behauptete, und seine Worte klangen wohl überzeugend genug, auch wenn Astaroth und er wussten, dass das nicht die Wahrheit war. Und zumindest Trautman ahnte, dass die beiden ihm etwas verschwiegen.

Obwohl der Nebel und der versteinerte Wald nichts von ihrer Unheimlichkeit verloren hatten, traten sie nur gerade weit genug aus dem wogenden Grau heraus, um einen freien Blick über das Tal zu haben, und setzten sich in das erste, hier oben noch spärliche Gras. Eine Zeit lang bestimmte noch Mikes Abenteuer das Gespräch, aber schließlich wandte sich Trautman mit einer Frage an Singh, die ihnen allen insgeheim auf der Seele brannte.

»Wo bist du die ganze Zeit gewesen?«

Mike erlebte etwas, was bei Singh ziemlich ungewöhnlich war – der Inder senkte verlegen den Blick und suchte einen Moment nach Worten, ehe er antwortete. »Ich fürchte, ich habe einen Fehler gemacht«, sagte er. »Es tut mir Leid. Ich war oben auf der Klippe und wollte mich nur ein wenig umsehen, aber dann ... dann war da plötzlich dieser Nebel. Ich hatte gar nicht vor, ihn zu erforschen, aber ich muss mich wohl verirrt haben.

Und schließlich bin ich hier angekommen – genau wie ihr.« Er blinzelte und sah Trautman, Ben und dann Serena und Chris nacheinander an, als erkenne er sie überhaupt erst jetzt.

»Wieso seid ihr alle hier? Und wer ist jetzt auf der NAUTILUS?«

Trautman warf Mike einen bösen Blick zu. »Das ist eine lange Geschichte«, sagte er. »Ich verstehe es selbst noch nicht ganz, aber ich glaube, es hat irgendetwas mit diesem Nebel zu tun. Und dieser Insel.« Er schüttelte ein paar Mal den Kopf und ließ seinen Blick über das grüne Tal unter ihnen schweifen.

»Unglaublich! Das alles dürfte gar nicht existieren! Seht euch nur diese Bäume an!«

»Das sind gar keine richtigen Bäume«, sagte Ben. »So etwas habe ich noch nie gesehen. Es sieht eher aus wie ... wie Farn.«

»Ist es auch«, sagte Chris. »Aber es gibt auch Bäume. Seht ihr dort drüben die Koniferen? Das Einzige, was nicht passt, ist das da.« Er riss ein Büschel Gras aus und hielt es in die Höhe. »*Das* dürfte nicht hier sein.«

Niemand sagte etwas, aber Chris wurde mit einem Mal nervös, als sich die Blicke von sechs Augenpaaren auf ihn konzentrierten. »Wirklich«, sagte er. »Gras hat es damals noch gar nicht gegeben, das könnt ihr mir glauben!«

»Das glauben wir dir auch«, antwortete Trautman. »Aber wieso verstehst du so viel davon?«

»Weil die Urzeit mein Hobby ist«, antwortete Chris stolz. »Ich habe mich immer schon dafür interessiert.«

»Wusstest du deshalb so genau, was für eine Art von Saurier das war?«, fragte Ben. »Wie hast du ihn genannt? Allsaurier?«

»Allosaurier«, korrigierte ihn Chris und nickte heftig. »Ich kenne sie alle!«, behauptete er. »Ich habe sämtliche Bücher darüber gelesen, die es gibt, und ich war in London im *Cristal Palace* und habe mir die Modelle angesehen, die sie dort haben. Ihr etwa nicht?«

Ein allgemeines Kopfschütteln war die Antwort und Chris fuhr in nunmehr hörbar stolzem Ton fort. »Da habt ihr was verpasst. Sie haben sie dort alle aufgebaut. Das *Iguanodon*, den *Brontosaurus*, das *Triceratops*, den *Plesiosaurus* –«

»Und den Allosaurier, ich weiß«, unterbrach ihn Trautman. Wahrscheinlich, dachte Mike, befürchtet er, dass Chris die nächste halbe Stunde damit verbringt, die verschiedenen Saurierarten aufzuzählen, die im *Cristal Palace* in London zu besichtigen waren. Mike selbst war noch nie dort gewesen, aber er hatte natürlich von dem groß angelegten Park im Herzen Londons gehört, in dem Wissenschaftler und Schausteller gemeinsam eines der ehrgeizigsten Projekte des letzten Jahrzehnts verwirklicht hatten, eine Ausstellung lebensgroßer, naturgetreuer Dinosauriermodelle.

»Trotzdem«, fuhr Trautman fort, »erklärt das nicht, wie dieses Tier *hierher* kommt. Du hast doch gerade selbst gesagt, dass sie vor über hundert Millionen Jahren ausgestorben sind.«

»Ausgestorben«, sagte Chris betont, »sind sie vor ungefähr fünfundsechzig Millionen Jahren. Diese bestimmte Gattung hat vor hundertzwanzig Millionen Jahren gelebt. Mike kann von Glück sagen, dass es kein Tyrannosaurus war. Die waren mehr als doppelt so groß und bestimmt doppelt so schnell.«

»Was für ein Trost«, sagte Mike säuerlich.

»Sechzig oder hundertzwanzig Millionen Jahre, das macht doch keinen Unterschied!« sagte Ben. »Es dürfte sie trotzdem nicht geben. Das ist doch völlig unmöglich.«

»Es gibt sie aber!«, antwortete Chris. Er klang fast beleidigt. »Vielleicht haben sie auf dieser Insel irgendwie überlebt.«

»Nachdem sie auf der ganzen übrigen Welt ausgestorben sind?«, fragte Ben zweifelnd. »Das glaubst du doch selbst nicht!«

»Na, wenn es so unmöglich ist, dann geh doch hinunter in den Wald und sieh dich um!«, sagte Chris patzig. »Dir kann ja gar nichts passieren, oder?«

»Hört auf, euch zu streiten«, sagte Trautman müde. »Ich fürchte, ihr habt beide Recht. Aber diese Ungeheuer sind nur zu lebendig. Hast du noch mehr davon im Wald gesehen, Singh?«

»Keines von dieser Größe«, antwortete der Inder. »Aber ein paar seltsame Tiere waren schon da. Und Spuren ... sehr eigenartige Spuren.«

Er schauderte, und Trautman verzichtete darauf, weiter auf dieses Thema einzugehen. »Was ist mit den Schiffbrüchigen?«, fragte er. »Ich war in der Yacht unten am Strand. Sie sieht nicht so aus, als wäre sie schon lange verlassen.«

»Sie waren hier«, bestätigte Singh. »Ganz in der Nähe. Ich habe ihr Lager gefunden. Sie haben ein Feuer angezündet. Die Asche war noch warm. Aber bevor ich mich genauer umsehen konnte, tauchte dieses Ungeheuer auf und ich musste fliehen.«

»Vielleicht sind sie schon tot«, murmelte Juan. »Wenn diese Bestie sie angefallen hat ...«

»Das glaube ich nicht«, antwortete Singh. »Das Lager war verlassen, aber es sah nicht nach einer Flucht aus.«

»Und die Schüsse, die wir gehört haben? Und die Schreie?«

Diesmal zuckte Singh zur Antwort nur die Achseln. Ein weiteres Rätsel in einer schier endlosen Kette von Fragen, auf die sie vielleicht nie eine Antwort finden würden.

Trautman seufzte. »Das ist unglaublich«, sagte er zum wiederholten Mal. »Eine ganze Insel voller Pflanzen und Tiere, die vor Millionen von Jahren ausgestorben sein müssten. Und niemand auf der ganzen Welt hat bisher etwas von ihrer Existenz gewusst.«

»Nicht ganz«, sagte Mike ruhig. »Ich glaube, einer wusste es schon.«

Trautman und alle anderen – mit einer Ausnahme – starrten ihn verblüfft an, und Mike fügte nach einer Pause sehr betont hinzu: »Genauer gesagt: *eine*.«

Er blickte Serena nicht an, aber er sah aus den Augenwinkeln, dass die Atlanterin wie unter einem elektrischen Schlag zusammenfuhr.

»Was soll das bedeuten?«, fragte Trautman.

Serena reagierte nicht, sondern zog die Knie an den Körper, stützte das Kinn darauf und starrte schweigend zu Boden. Trautman blickte sie durchdringend an, dann wandte er sich mit einem strengen Stirnrunzeln wieder an Mike.

»Was meinst du damit? Wie kommst du auf den Gedanken, dass Serena etwas über diese Insel weiß?«

»Fragen Sie sie doch, wie sie hierher gekommen ist«, antwortete Mike.

»Hierher gekommen? Aber ich dachte, Juan und du –«

»Wir haben sie nicht mitgenommen«, unterbrach ihn Mike.

»Und mit Ihnen und Ben ist sie auch nicht gekommen, nicht wahr? Und ein drittes Boot gibt es auf der NAUTILUS nicht.«

»Ist das wahr?« Trautman dreht sich wieder zu Serena herum. Sie machte immer noch keine Anstalten, zu reagieren, aber Trautmans Geduld war nun wohl erschöpft. Er ergriff das Mädchen an der Schulter und zwang es, ihm ins Gesicht zu sehen.

»Du weißt, was das für eine Insel ist? Und wie man hierher kommt?« fragte er. »Bitte, Serena, es ist wichtig. Vielleicht hängt unser aller Leben davon ab.«

Serena machte sich mit sanfter Gewalt los und betrachtete Mike mit einem Blick, der einen Granitblock in Trümmer gerissen hätte. »Ich weiß gar nichts«, sagte sie trotzig.

»Nein, bestimmt nicht«, sagte Juan. »Deswegen hast du auch die ganze Zeit über kein einziges Wort gesagt, seit wir hergekommen sind, und das schlechte Gewissen steht dir sozusagen in Leuchtbuchstaben auf der Stirn geschrieben.«

»Es ist ... nur eine Legende«, antwortete Serena ausweichend. »Eine Geschichte, die mir meine Eltern erzählt haben. Wenigstens habe ich das bis heute Morgen geglaubt.«

»Dann ist Mike wahrscheinlich nur von einem eingebildeten Monster beinahe gefressen worden, wie?«, fragte Juan spöttisch.

Trautman machte eine abwehrende Bewegung in seine Richtung und streckte wieder die Hand nach Serena aus, ohne sie diesmal jedoch zu berühren. »Eine Legende? Erzähl sie uns.«

»Das Versunkene Land«, sagte Serena. »Es heißt, dass nur die Könige von Atlantis das Versunkene Land betreten können.«

»Das Versunkene Land?«, wiederholte Trautman. »Du meinst diese Insel hier?«

Serena nickte zögernd. Sie wich Trautmans Blick wieder aus, aber jetzt wirkte sie nicht mehr trotzig, sondern nur noch sehr verängstigt. Sie tat Mike plötzlich sehr Leid. »Sie muss es wohl sein«, sagte sie. »Ich ... ich habe ja selbst gedacht, dass es nur eine Legende ist, aber ich bin heute Morgen oben im Turm der NAUTILUS gewesen, kurz nachdem Mike und Juan losgefahren sind, und da ... da habe ich gesehen, wie die Insel für einen Moment verschwunden ist.«

»Und du hast uns nichts davon gesagt?« Ben riss ungläubig die Augen auf.

»Ich wusste es doch nicht sicher!«, verteidigte sich Serena. Sie sah mit einem Male aus, als hielte sie nur noch mit letzter Kraft die Tränen zurück. »Ich dachte, ich könnte einfach hinübergehen und ... und jederzeit wieder zurückkommen!«

»Das Versunkene Land«, erinnerte Trautman. »Du wolltest uns die Geschichte erzählen.«

Serena hob unglücklich die Schultern und begann nervös mit einem Grashalm zu spielen. »Ich weiß nur, was meine Eltern mir darüber gesagt haben«, erwiderte sie. »Es heißt, dass es ein Land gibt, das jenseits der Zeit existierte. Eine große Insel.«

»Jenseits der Zeit?« Ben lachte nervös. »Was soll denn dieser Blödsinn heißen?«

»In einer anderen Zeit als unserer«, erklärte Serena. »In der Legende heißt es, dass die Erde früher einmal von anderen Wesen beherrscht worden sei. Keinen Menschen, aber auch keinen Tieren, wie wir sie kennen. Es heißt, dass sie über unendliche Zeit hinweg die wahren Herren dieser Welt gewesen sein sollen. Aber dann, eines Tages, stürzte ein brennender Stern auf die Erde und er löschte diese Wesen aus und fast alle anderen Geschöpfe mit ihnen. Nur eine einzige Insel hat die Katastrophe überstanden, aber sie wurde aus unserer Wirklichkeit herausgeschleudert und existierte seither in einer anderen, eigenen Zeit. Aber manchmal kehrt sie zurück, für einige Stunden oder auch Tage, und die Könige von Atlantis können sie dann betreten.«

»Was für ein hanebüchener Unsinn!«, empörte sich Ben.

»Keineswegs«, sagte Chris.

»Wie?« Ben legte die Stirn in so tiefe Falten, dass er für einen Moment fast so alt wie Trautman aussah. »Was meinst du damit, Schlaukopf?«

»Ich finde, es hört sich nicht wie Unsinn an«, antwortete Chris ruhig. »Die Dinosaurier haben die Erde jahrmillionenlang beherrscht. Viel länger als die Menschen. Eine Menge Wissenschaftler glauben, dass ein großer Meteor herabgestürzt ist und sie ausgelöscht hat und einen Großteil des restlichen Lebens auf der Welt auch. Das hört sich verdammt nach dem an, was Serena gerade erzählt hat.«

»Ja, und außerdem hat er ein Loch in die Zeit gerissen, durch das diese Insel gefallen ist, wie?« Ben tippte sich mit dem Zeigefinger gegen die Schläfe. »Das hört sich auch *unglaublich logisch* an, finde ich.«

»Es klingt tatsächlich etwas seltsam«, räumte Trautman ein. »Aber auf der anderen Seite ... wir sind hier, daran gibt es nichts zu rütteln.«

»Und außer uns wahrscheinlich noch mehr Menschen«,

erinnerte Juan. »Wenn wir sie aufspüren, dann finden wir vielleicht zusammen einen Weg, wieder von hier wegzukommen.«

»Aber das ist doch gar nicht nötig«, sagte Chris. Er drehte sich zu Serena herum und blickte sie hoffnungsvoll an. »Wir können doch auf dem gleichen Weg zurück, auf dem wir hergekommen sind, oder?«

Serena antwortete nicht. Sie sah auch Chris nicht an, sondern blickte so konzentriert auf den Boden zwischen ihren Füßen, als gäbe es dort plötzlich etwas ungemein Wichtiges zu entdecken.

»Oder?«, fragte nun auch Trautman – in einem Ton, der in Mike das ungute Gefühl aufkommen ließ, dass er die Antwort auf diese Frage zu kennen glaubte.

»Ich ... habe doch gesagt, dass es nur eine Legende ist«, antwortete Serena schließlich, ohne den Blick zu heben. »Es heißt nur, dass die Könige von Atlantis das Versunkene Land *betreten* können.«

Für ein paar Augenblicke breitete sich betroffenes Schweigen in der Runde aus, während jeder auf seine Weise zu verstehen versuchte, was Serena mit diesen Worten wohl genau meinte.

»Ganz langsam«, murmelte Ben schließlich. »Du ... du willst damit etwa sagen, dass du nicht weißt, wie wir hier wieder wegkommen? Im Klartext: Wir sitzen hier fest. Es gibt keinen Weg zurück.«

»Doch«, antwortete Serena hastig. »Den gibt es bestimmt. Ich meine, wenn ... wenn man das Versunkene Land nicht auch wieder verlassen könnte, dann wüsste ja auch niemand von seiner Existenz. Es gibt bestimmt einen Weg zurück. Es ist nur so, dass ... dass ich ihn nicht kenne. Auf dem Weg, auf dem ich hergekommen bin, geht es jedenfalls nicht.«

»Du hast es ausprobiert?«, vermutete Trautman.

Serena nickte niedergeschlagen. »Schon vorhin«, sagte sie. »Unten am Strand, bevor wir die Wand hinaufgestiegen sind.«

»Du meinst, deine Eltern haben dir zwar verraten, wie man hierher, aber nicht, wie man wieder zurückkommt?«, fragte Ben ungläubig.

»Ich habe sie nie gefragt«, gestand Serena.

»Fantastisch«, murmelte Ben. »Das war eine echte Glanzleistung. Mein Kompliment.«

»Bitte, Ben«, sagte Trautman. »Es ist genug. Wir wussten ja nicht einmal, dass wir Serena hier treffen – also tu bitte nicht so, als wäre es allein ihre Schuld. Wir wären auch ohne sie zur Insel hinübergefahren.«

»Ja, aber dann wäre jetzt vielleicht noch jemand an Bord des Schiffes, um uns zu helfen«, maulte Ben.

»Wir werden auch einen Weg zurück zur NAUTILUS finden«, antwortete Trautman, auch wenn seiner Stimme die Überzeugungskraft fehlte, um die Worte wirklich glaubhaft zu machen. »Sobald Astaroth zurück ist, brechen wir auf und versuchen die Leute zu finden, deren Lager Singh entdeckt hat.« Er sah sich suchend in der Runde um. »Wo bleibt er eigentlich?«

Auch Mike blickte um sich, konnte Astaroth aber ebenso wenig entdecken wie Trautman. Aber schon hörte er die lautlose Stimme des Katers hinter seiner Stirn, was so ganz nebenbei bewies, dass Astaroth seine alte Unsitte, insgeheim die Gedanken der Menschen in seiner Nähe zu belauschen, wohl doch noch nicht so ganz abgelegt hatte, wie er immer beteuerte.

Die Luft ist rein. Ihr könnt kommen. Geht einfach geradeaus. Singh kennt den Weg.

Es war der seltsamste Wald, den Mike jemals gesehen hatte. Die Bäume standen in kleinen, lockeren Gruppen beieinander, zwischen denen große freie Bereiche lagen, die aber ihrerseits wieder so sehr von Unterholz, Gebüsch und ineinander gewachsenen Grünpflanzen überwuchert waren, dass ein Durchkommen fast unmöglich wurde. Mike erkannte nach und nach doch einige Pflanzen, die er schon einmal gesehen hatte, wenngleich die meisten zugleich seltsam verändert erschienen und fast alle wesentlich größer waren, als er es gewohnt war. Vor allem die Farne versetzten ihn in blankes Erstaunen. Viele von ihnen hatten tatsächlich die Größe von Bäumen, deren Wipfel sich fünfundzwanzig oder dreißig Meter weit in die Höhe erstrecken mussten, und es gab eine Unzahl von Parasitenpflanzen, die ihrerseits wieder auf den riesigen Blättern Fuß gefasst hatten und so beinahe eine Art zweiten Wald über dem Erdboden bildeten.

Das Lager, dass Singh entdeckt hatte, befand sich tatsächlich ganz in der Nähe. Sie hatten gerade die erste Baumgruppe hinter sich gebracht und umgingen in respektvollem Abstand einen sumpfigen Flecken, in dessen Zentrum es bedrohlich brodelte und zischte, als Astaroth vor ihnen aus dem Gebüsch auftauchte und sie die letzten Meter führte. Mike war ein bisschen enttäuscht, als das Lager schließlich vor ihnen lag – wie Singh gesagt hatte, bestand es im Grunde nur aus einer sorgsam mit Steinen abgegrenzten Feuerstelle. Der Boden ringsum war zertrampelt, einige Äste und Blätter geknickt, aber das war auch alles – sie fanden keine liegen gelassenen Ausrüstungsgegenstände, keine Reste von Mahlzeiten oder auch nur einen Fetzen weggeworfenes Papier. Wer immer hier gelagert hatte, hatte sich große Mühe gegeben, den Platz im gleichen Zustand zu verlassen, in dem er ihn angetroffen hatte. Das *passte* einfach nicht zur Vorstellung einer Gruppe Schiffbrüchiger, die in diesem Wald um ihr Überleben kämpfte. Und es passte vor allem nicht zu dem, was sie am vergangenen Tag *gehört* hatten.

»Sie scheinen in nördlicher Richtung weitergezogen zu sein«, sagte Trautman, nachdem er zusammen mit Singh eine ganze Weile die nähere Umgebung abgesucht hatte. Die Spuren wiesen tatsächlich nach Norden, verloren sich aber schon nach wenigen Schritten auf dem härter werdenden Boden.

»Das haben sie ja auch gesagt«, erinnerte Juan. »Sie wollten zum Fluss. Folgen wir ihnen?«

Nicht nur zu Mikes Verwunderung zögerte Trautman einen Moment mit der Antwort. »Ich bin nicht sicher, ob das wirklich klug wäre«, sagte er.

»Aber der Fluss ist ganz in der Nähe«, sagte Chris. »Man konnte ihn vom Hügel aus doch sehen.«

»Darum geht es nicht.« Trautman ließ seinen Blick aufmerksam über die grüne, undurchdringlich erscheinende Wand gleiten, die die kleine Lichtung an drei Seiten umgab. Der Gedanke, tiefer in den Dschungel einzudringen, schien ihm ebenso wenig zu behagen wie Mike. »Vielleicht sollten wir uns nicht so weit ins

Landesinnere vorwagen. Es wird schon schwer genug sein, von hier aus zurückzukommen. Wenn wir erst einmal tiefer in dem Wald sind, finden wir die Küste vielleicht nie wieder. Außerdem bin ich nicht sicher, dass das hier die Leute waren, deren Funkspruch wir gehört haben.«

»Wieso?«, wollte Ben wissen.

Trautman deutete auf den Kreis aus noch immer nicht ganz erkalteter Asche. »Es sieht nicht so aus«, sagte er. »Menschen, die um ihr Leben rennen, hinterlassen ihr Lager nicht so aufgeräumt.«

»Vielleicht wollten sie ihre Spuren verwischen«, antwortete Ben, aber Trautman schüttelte abermals den Kopf.

»Dann hätten sie erst gar kein Feuer gemacht oder die Stelle mit Blättern und Erde abgedeckt«, antwortete er. »Und denkt nur an die Schüsse, die wir gehört haben. Hier müssten Patronenhülsen herumliegen ... irgendetwas. Ich glaube, das hier war jemand anders.«

»Noch mehr Schiffbrüchige?« Ben wiegte zweifelnd den Kopf. »Für ein Land, von dessen Existenz kein Mensch auf der Welt weiß, herrscht hier aber ein ganz schöner Betrieb.«

Trautman blieb ernst. »Wahrscheinlich wird uns nichts anderes übrig bleiben«, sagte er. »Aber es gefällt mir nicht. Wir sollten auf jeden Fall vorsichtig sein.«

»Wenn wir wenigstens eine Waffe hätten!«, murmelte Ben. »Wenn wir wieder auf einen solchen Saurier treffen wie vorhin –«

»– würden uns Gewehre auch nicht viel nutzen«, unterbrach ihn Trautman. »Du glaubst doch nicht, dass du einen solchen

Riesen einfach erschießen könntest?« Er beendete das Thema mit einer entschiedenen Handbewegung. »Wir müssen eben vorsichtig sein.«

»Außerdem gibt es wahrscheinlich nicht sehr viele von ihnen«, fügte Chris hinzu.

»Wieso?«, fragte Ben.

»Weil sie dann längst alle kleineren Tiere in der Umgebung gefressen hätten«, antwortete Chris. »Ein solcher Räuber braucht wahrscheinlich ein Jagdrevier, das so groß ist wie London. Er muss jeden Tag sicher eine halbe Tonne Fleisch fressen. Wir alle zusammen wären wahrscheinlich nicht einmal genug, um ihn satt zu bekommen.«

»Wie beruhigend«, murmelte Ben. »Es tut richtig gut, ein wandelndes Lexikon bei sich zu haben.«

Chris verzichtete auf eine Antwort und für eine Weile schwiegen sie alle.

»Also gut«, sagte Trautman schließlich und man konnte ihm anhören, wie schwer es ihm fiel, diese Worte auszusprechen. »Stimmen wir ab. Wer ist dafür, zur Küste zurückzugehen?« Er hob selbst die rechte Hand, aber er war der Einzige. Einige Sekunden lang wartete er vergebens darauf, dass sich einer der anderen seiner Haltung anschloss, dann ließ er den Arm wieder sinken. Auf den zweiten Teil der Abstimmung verzichtete er gleich ganz.

Der Fluss musste wesentlich weiter entfernt sein, als es von oben aus den Anschein gehabt hatte, denn sie marschierten mehr als zwei Stunden durch den urzeitlichen Dschungel, ehe sie ihn erreichten. Mike und die anderen bekamen in diesen beiden Stunden Pflanzen und Geschöpfe zu Gesicht, die vor ihnen vielleicht noch kein anderer Mensch gesehen hatte, und die Welt, in die sie mit jedem Schritt tiefer eindrangen, war so voller Wunder, dass es nicht lange dauerte, bis sie allmählich selbst ihre Furcht zu vergessen begannen.

Was Mike am allermeisten erstaunte, das war der schiere Überfluss an Leben, auf den sie trafen. Es gab buchstäblich keinen Fußbreit Boden, auf dem es nicht krabbelte, kroch und sich bewegte, kein Fleckchen in dem grünen Gewirr über ihren Köpfen, in dem nicht beständig irgendetwas raschelte, kroch, hüpfte oder flatterte. Alles schien in ununterbrochener Bewegung zu sein und er konnte das Leben, das sie überall, sichtbar und unsichtbar, umgab, regelrecht fühlen, wie eine knisternde, unsichtbare Energie, die alles durchdrang.

Und die zweitgrößte Überraschung war, dass dieses Leben zum allergrößten Teil vollkommen *harmlos* zu sein schien. Sie trafen nur zweimal auf Geschöpfe, um die sie vorsichtshalber einen Bogen schlugen – einmal auf eine Schlange, die vor ihnen über den Weg kroch und deren Länge Mike nicht einmal zu schätzen wagte, denn ihr Körper war so dick wie der eines Mannes, das zweite Mal auf ein riesiges Spinnennetz, dessen Bewohner sie nicht zu Gesicht bekamen – die Fäden waren so dick wie Mikes kleiner Finger.

Als sie endlich das Flussufer erreichten, waren sie vollkommen erschöpft. Sie hatten ihre warmen Jacken längst ausgezogen, aber die Hitze machte ihnen trotzdem zu schaffen, und das Gehen in dem fast undurchdringlichen Dschungel war über die

Maßen anstrengend gewesen, und außerdem machten sich auch Hunger und Durst bemerkbar. Sie hatten ja nicht damit gerechnet, länger als wenige Stunden auf der Insel zu bleiben, und hatten somit keinerlei Vorräte mitgebracht. Zwar gab es im Wald reichlich Früchte und Beeren, aber sie hatten es nicht gewagt, irgendetwas davon anzurühren. Was verlockend aussah, mochte in Wirklichkeit giftig sein – immerhin bewegten sie sich durch eine Vegetation, die es auf der Erde gegeben hatte mehr als sechzig Millionen Jahre, bevor der Mensch erschien.

Zumindest ihren Durst konnten sie stillen. Mike war der Erste, der sich am Flussufer auf die Knie sinken ließ und die Hände in das eiskalte Wasser tauchte. Für eine Sekunde schoss ihm die Möglichkeit durch den Kopf, dass auch dieses Wasser ungenießbar sein könnte, aber er schenkte diesem Gedanken kaum Beachtung. Sie konnten ohne Essen Tage, vielleicht sogar Wochen durchhalten, aber trinken mussten sie.

Aber anstatt bitter oder gar ungenießbar zu sein, schmeckte das kristallklare Wasser so köstlich und süß wie selten etwas, das Mike getrunken hatte. Es war sehr kalt, viel kälter, als er erwartet hatte, und schon die ersten Schlucke stillten seinen Durst nachhaltig. Trotzdem blieb er noch eine Weile am Ufer sitzen und blickte auf das rasch dahinfließende Wasser hinaus. Der Fluss war sehr breit – sicher eine halbe Meile – und seine Strömung war so stark, dass an eine Überquerung nicht zu denken war. Das jenseitige Ufer war nur als grüner Strich zu erkennen, und der Dschungel setzte sich auch dort drüben fort, so weit sein Blick reichte. Mike fragte sich, welche Geheimnisse dieser Dschungel noch bergen mochte. Es waren nicht nur ein paar

Saurier und bisher für ausgestorben gehaltene Tier- und Pflanzenarten. Er spürte einfach, dass da noch mehr war. Die wirklichen Geheimnisse dieser versunkenen Welt lagen noch unentdeckt vor ihnen, und sie mussten gewaltiger sein, als sie jetzt auch nur ahnten.

Er registrierte eine Bewegung neben sich und erkannte Serena, die sich gerade auf die Knie sinken ließ und eine Hand voll Wasser schöpfte um zu trinken. Sie sah so erschöpft aus wie sie alle und so müde und abgekämpft, wie auch Mike sich fühlte, und trotzdem kam sie ihm in diesem Moment hübscher und verlockender vor denn je. Er sah sie eine Weile wortlos an, bis Serena seine Blicke fühlte und sich mit einem Stirnrunzeln zu ihm herumdrehte.

»Was ist?«, fragte sie in scharfem Ton. »Warum starrst du mich so an? Du denkst sicher dasselbe wie die anderen, nicht? Du glaubst, dass es meine Schuld ist.«

»*Deine* Schuld?«, wiederholte Mike verständnislos. »Aber was denn?«

»Dass wir hier sind«, antwortete Serena. Sie begann plötzlich zu zittern. Ihre Augen schimmerten feucht, aber noch hielt sie die Tränen zurück. Und Mike streckte automatisch die Hände aus, schloss Serena in die Arme und drückte sie schützend an sich, und ganz gegen ihre sonstige Gewohnheit ließ sich Serena diese Vertrautheit nicht nur gefallen, sondern drückte sich sogar noch fester an seine Schulter.

Es war das erste Mal, dass Mike Serena so berührte, und er war nicht nur überrascht über seinen eigenen Mut, er begriff auch plötzlich, wie einsam die Atlanterin trotz allem war. Serena lebte mit ihnen an Bord der NAUTILUS, sie aß, redete und lachte wie sie, übernahm ganz selbstverständlich einen Teil der Aufgaben – aber sie *war* nicht wie sie.

Sie war eine echte Prinzessin, der letzte Spross einer Familie, die vor Tausenden von Jahren das versunkene Atlantis beherrscht hatte, und ihm war eigentlich nie so sehr wie in diesem Moment zu Bewusstsein gekommen, *wie* allein Serena war. Sie alle hatten auf die eine oder andere Weise ihre Eltern verloren, sei es, dass sie gestorben waren, sei es, dass sie sie – wie in Juans Fall – einfach in das teure Nobelinternat in England abgeschoben hatten, weil sie nichts mit ihnen anzufangen wussten und sie im Grunde nicht haben wollten, aber Serenas Verlust war ungleich größer. Sie hatte nicht nur ihre Familie, nicht nur all ihre Freunde und Bekannten verloren, sondern ihre gesamte *Welt*. Das sagenumwobene Atlantis, in dem sie geboren und aufgewachsen war, existierte nicht mehr, und nach ihrer Begegnung mit dem *Alten*, jenem unsagbar fremden, mächtigen Geschöpf, auf das sie in der Stadt auf dem Meeresboden getroffen waren, hatte sie auch noch den Rest ihres Erbes verloren, ihre magischen Kräfte, die das Einzige gewesen waren, was ihre Eltern ihr auf ihrer Reise durch die Zeit hatten mitgeben können. Vielleicht, dachte Mike, war Serena der einsamste Mensch, den es auf diesem Planeten gab.

Nur um sie zu trösten, sagte er nach einer Weile leise: »Ich glaube nicht, dass sie das denken, Serena. Du darfst nicht alles für bare Münze nehmen, was Ben sagt. Er hat Angst, das ist alles. Wir haben alle Angst, aber er ist einfach zu stolz, es zuzugeben. Er meint es nicht böse.«

Serena löste sich mit sanfter Gewalt aus seiner Umarmung. Eine einzelne Träne lief über ihr Gesicht. Sie wischte sie hastig weg. Noch ehe Mike etwas sagen konnte, beugte sie sich vor und gab ihm einen Kuss auf die Wange. In der nächsten Sekunde sprang sie auf und lief davon.

Mike sah ihr völlig verwirrt hinterher. Serena ließ normalerweise keine Gelegenheit verstreichen, um jedem zu erklären, dass sie weder Hilfe noch irgendeine Art von Trost benötigte. Aber vielleicht stimmte das nicht so ganz. Und vielleicht, dachte Mike, bin ich Serena doch nicht ganz so gleichgültig, wie sie mir immer glauben machen will. Ja, möglicherweise erwiderte sie die Gefühle, die Mike insgeheim für sie hegte, sogar ein wenig.

Durch diese Vorstellung mutiger geworden, stand Mike auf, und er wäre Serena auch gefolgt, wäre er nicht in diesem Moment Bens spöttischem Blick begegnet.

»Was ist los?«, fragte er. »Gibt es irgendeinen Grund, so blöde zu grinsen?«

»Tu ich doch gar nicht«, behauptete Ben und grinste beinah wie ein Honigkuchenpferd. »Ich freue mich nur, das zarte Pflänzchen der ersten Liebe erblühen zu sehen.«

Mike ballte die Faust und schüttelte sie unmittelbar vor Bens Gesicht. »Ich werde dir gleich eins auf die Nase hauen und mich daran erfreuen, wie sie erblüht«, versprach er. »Wetten, dass sie hübsch dick und rot wird, wenn ich nur lange genug darauf einschlage?«

Ben grinste nur noch breiter, wich aber trotzdem vorsichtshalber ein kleines Stück vor Mike zurück. Doch bevor er eine weitere spitze Bemerkung loswerden konnte, erscholl vom Waldrand ein gellender Schrei!

Mike fuhr herum. Blitzschnell blickte er alle anderen an. Ben, Serena, Juan, Trautman, Singh ... alle waren da.

Bis auf Chris. Und erst jetzt, im Nachhinein, fiel ihm auf, dass er den Zehnjährigen schon eine ganze Weile nicht mehr gesehen hatte, genau genommen seit sie am Fluss angekommen waren.

In diesem Moment erscholl der Schrei ein zweites Mal, und diesmal riss er Mike endgültig aus seiner Erstarrung. Zugleich mit Singh und Trautman rannte er los, die anderen folgten ihnen. Chris war in Gefahr, und Mike musste ihm helfen. Rücksichtslos brach er durch dorniges Gestrüpp und Unterholz, flankte mit einem gewaltigen Satz über einen niedergestürzten Baum hinweg – und wäre um ein Haar gegen Chris geprallt. Der Junge stand unmittelbar vor ihm, leichenblass und am ganzen Leibe zitternd, aber trotzdem wie gelähmt. Sein Blick war wie hypnotisiert auf das Gebüsch unmittelbar vor ihm gerichtet.

Mike sah sich um. Er konnte weder einen Dinosaurier noch irgendein anderes lebendes Wesen erblicken, und trotzdem hatte er für eine Sekunde ein so intensives Gefühl, angestarrt zu werden, dass auch sein Herz rascher zu schlagen begann.

»Was ist los?«, fragte er. »Chris, was ist passiert?«

Chris deutete zitternd auf das Gebüsch vor sich. »Dort!«, stammelte er. »Da ... da war etwas!«

Mike sah genau hin, konnte aber noch immer nichts erkennen. Trotzdem näherte er sich dem Gebüsch mit äußerster Vorsicht. Chris war vielleicht der Jüngste von ihnen, aber bisher hatte er erstaunlich gute Nerven bewiesen, und er war auch sonst alles andere als ein Angsthase. Vorsichtig, mit klopfendem Herzen und jederzeit darauf gefasst, sich plötzlich einer nur aus Zähnen und Hunger bestehenden Kreatur gegenüberzusehen, hob er die Hand und bog die Äste zur Seite.

Dahinter lagen andere Äste, Schatten und grüne Blätter. Sonst nichts.

Mittlerweile waren auch die anderen bei Chris angekommen. Trautman hatte den Jungen ein Stück zurückgezogen und sich schützend zwischen ihn und dem Wald gestellt, während Singh wortlos an Mikes Seite trat und gemeinsam mit ihm die Untersuchung des Gebüsches fortsetzte.

Sie gingen mit äußerster Vorsicht zu Werke, trotzdem aber auch sehr gründlich. Aber sie fanden nichts. Einige Äste waren geknickt, aber das mochten Tiere gewesen sein, die vielleicht schon vor Tagen hier gewesen waren.

»Da ist nichts«, sagte Mike, als er nach ein paar Minuten zurückkehrte. Singh war noch im Wald und suchte den Boden nach Spuren ab, aber Mike glaubte nicht, das er fündig werden würde. Wahrscheinlich hatte sich Chris tatsächlich nur vor einem Schatten erschrocken.

»Aber ich habe etwas gesehen!«, protestierte Chris. »Ganz deutlich!«

»Das bezweifelt auch niemand«, sagte Trautman rasch, ehe Mike Gelegenheit fand, zu antworten. »Aber jetzt ist nichts mehr da. Wahrscheinlich hast du es mit deinem Schrei verjagt. Oder es ist geflohen, als es uns gesehen hat. Beruhige dich.«

Er lächelte aufmunternd und streckte die Hand nach Chris' Schulter aus, aber der Junge wich vor seiner Berührung mit einer fast trotzigen Bewegung zurück. »Ich ... ich bin doch nicht verrückt!«, sagte er. »Ich habe es gesehen. Ganz deutlich.«

»Was hast du gesehen?«, wollte Mike wissen.

»Ein ... ein Wesen«, antwortete Chris. »Es hat dagestanden und mich angestarrt. Genau so wie du jetzt.«

Den letzten Teil der Antwort ignorierte Mike vorsichtshalber. Sie waren alle nervös. Es hatte wenig Sinn, wenn sie sich jetzt auch noch stritten.

»Was für ein Wesen?«, fragte Trautman. »Ein Dinosaurier? So einer wie vorhin?«

»Nein«, antwortete Chris. »Es war ... ich habe so etwas noch nie gesehen, in keinem einzigen Buch.«

»Es gibt bestimmt ein paar Saurierarten, die man noch nicht entdeckt hat«, sagte Trautman, aber Chris schüttelte abermals den Kopf.

»So war es nicht. Es war ... unheimlich. Im ... im ersten Moment dachte ich, es wäre ein Mensch. Aber das war es nicht. Aber auch kein Tier.«

»Kein Mensch, aber auch kein Tier?« Mike tauschte einen fragenden Blick mit Serena, aber das Mädchen hob nur die Schultern. Chris' Worte schienen für Serena ebenso wenig Sinn zu ergeben wie für Mike. »Was soll das heißen?«

»Es sah aus wie ein Mensch«, antwortete Chris zögernd. »Es hatte zwei Beine und zwei Arme und ein Gesicht, aber es war ... Seine Augen waren zu groß und es hatte eine schuppige Haut wie ein Dinosaurier. Und riesige Hände.«

»Du musst dich getäuscht haben«, beharrte Trautman. »So etwas gibt es doch gar nicht.«

»Vielleicht war es doch einer der Schiffbrüchigen«, vermutete Juan.

»Und warum ist es dann weggelaufen, als es euch gesehen hat?«, fragte Chris. Er schüttelte heftig den Kopf. »Ich habe mich nicht geirrt. Da war etwas. Und es war weder ein Mensch noch ein Dinosaurier.«

Singhs Rückkehr unterbrach die Diskussion. »Spuren«, sagte er. »Der Junge hat Recht. Etwas war da.«

Auf den Gesichtern der anderen breitete sich ein erschrockener Ausdruck aus, und auch Mike konnte spüren, dass er blass wurde. Was ihn schaudern ließ, das war weniger das, was Singh sagte, sondern mehr die Art, wie er es tat. Was immer Singh gefunden hatte, es hatte ihn zutiefst erschreckt.

Sie folgten Singh zurück in den Wald. Und als Mike die Spuren sah, die Singh gefunden hatte, da verstand er seinen Schrecken.

Es waren die Spuren großer, dreizehiger Füße, die viel größer als die von Menschen gewesen sein mussten, und es waren nicht die Spuren eines, sondern gleich dreier Geschöpfe. Sie waren so deutlich, dass man ganz genau erkennen konnte, was hier geschehen war. Sie waren zu dritt gekommen, aber nur einer von ihnen war zu dem Gebüsch gegangen, hinter dem Chris gestanden hatte. Offensichtlich hatte er sich eine Zeit lang dort aufgehalten, ehe er zu den beiden anderen zurückgekehrt und zusammen mit ihnen wieder gegangen war.

Aber das war es nicht, was Mike bis ins Mark erschütterte. Es war nicht einmal der Umstand, dass diese Füße mit furchtbaren Krallen versehen waren und Wesen gehörten, die viel größer als ein Mensch und unvorstellbar stark sein mussten. Was ihm einen solch abgrundtiefen Schrecken einjagte, dass er für einen Moment wie gelähmt dastand, das war etwas, was die Spur vor ihm so deutlich zeigte, dass es gar keinen Zweifel daran gab. Auch wenn sich eine Sekunde lang alles in ihm dagegen sträubte, es zu glauben.

Eines der drei Geschöpfe, die hier gewesen waren und sie beobachtet hatten, hatte Schuhe getragen.

Sie waren schweigsam, als sie zum Flussufer zurückkehrten, und niemand erhob Einwände, als Trautman vorschlug, weiterzugehen. Mike war sicher nicht der Einzige, der viel darum gegeben hätte, sich irgendwo lang auszustrecken und ein paar Stunden zu schlafen. Aber Chris' Erlebnis hatte ihnen wieder gezeigt, dass diese von der Zeit vergessene Insel nicht nur fantastisch, sondern auch gefährlich war. Sie brauchten einen sicheren Ort, an dem sie lagern konnten.

Die Sonne wanderte langsam weiter über den Himmel. Sie stießen auf keine weiteren Dinosaurier, sondern sahen nur einige kleinere Geschöpfe, die meistens zu schnell im Unterholz oder auf den Bäumen verschwanden, um sie zu identifizieren. Wenn Mike daran dachte, wie dramatisch dieser Tag begonnen hatte, so schien er geradezu beunruhigend friedlich zu enden. Und wer weiß – vielleicht hatte Chris ja wirklich Recht, was die mögliche Anzahl der großen Raubsaurier in diesem Teil des Waldes anging. Vielleicht waren sie tatsächlich dem Einzigen dieser gewaltigen Geschöpfe über den Weg gelaufen, das es im Umkreis vieler Tagesmärsche gab.

»Es wird bald dunkel«, sagte Trautman unvermittelt. Er blieb stehen, wischte sich mit dem Unterarm den Schweiß von der Stirn und blinzelte in den Himmel hinauf, der über den Baumwipfeln nur als grünblaues Flickenmuster zu erkennen war. Die Sonne begann sich tatsächlich bereits dem Horizont entgegenzuneigen, aber sie hatte nichts von ihrer Kraft eingebüßt. Ganz im Gegenteil schien es eher immer *wärmer* zu werden. »Wir sollten uns einen Platz für die Nacht suchen. Eine Höhle wäre ideal, aber vielleicht reicht auch schon ein hoher Baum.«

Mike sah sich suchend um. An Bäumen bestand weiß Gott kein Mangel, auch nicht an *hohen*. Einige der sonderbaren Farngewächse mussten eine Höhe von dreißig oder gar vierzig Metern erreichen, und an den geschuppten Stämmen konnte man bestimmt gut hinaufklettern. Das Problem war nur, dass bei der kolossalen Größe einiger der Geschöpfe, die hier leben mochten, auch zehn oder fünfzehn Meter noch keine *sichere* Höhe waren.

»Gehen wir noch ein Stück«, schlug Juan vor. »Wir haben bestimmt noch eine Stunde Tageslicht. Vielleicht finden wir einen besseren Platz.«

Trautman – und auch die meisten der anderen – waren von diesem Vorschlag nicht besonders begeistert. Sie waren alle mittlerweile am Ende ihrer Kräfte. Das Gehen in dem dichten Wald war sehr anstrengend und ihre unpassende, viel zu warme Kleidung tat ein Übriges, sie jeden Schritt wie eine Qual spüren zu lassen. Trotzdem wandte sich Trautman schulterzuckend um – und hielt in der Bewegung inne. Ein angespannter Ausdruck erschien auf seinem Gesicht.

»Was ist los?«, fragte Mike alarmiert.

Trautman hob hastig die Hand. »Still!«, sagte er.

Mike lauschte angestrengt. Er hörte gar nichts – aber in der nächsten Sekunde *sah* er etwas. Nicht weit vor Trautman bewegte sich einer der Büsche. Es war nur das kurze Zittern eines Astes, aber er sah es ganz deutlich, und dann huschte ein verschwommener Schatten davon und verschwand in dem Meer aus Grün und Braun, das sie umgab.

Mike war nicht der Einzige, der den Schatten gesehen hatte. »Dort!«, rief Chris. »Rechts, seht ihr?«

Ohne eine Antwort abzuwarten, rannte er los. Trautman versuchte ihn zurückzuhalten, aber seine Hand griff ins Leere. Chris rannte an ihm vorbei und verschwand im nächsten Augenblick im Unterholz.

»Singh! Hinterher!«, rief Trautman. »Ihr anderen bleibt hier!«

Natürlich gehorchte nur einer seinen Worten – nämlich Singh. Mike, die beiden anderen Jungen und Serena dachten nicht daran, einfach zurückzubleiben und tatenlos abzuwarten, sondern setzten sich ebenfalls in Bewegung und rannten hinter Chris her.

Er hat etwas entdeckt!, erscholl Astaroths Stimme in Mikes Kopf. *Nach links!* Mike wechselte mitten im Schritt die Richtung und wäre beinahe gegen Ben geprallt, der Astaroths lautlose Anweisung ja nicht hatte hören können und weiter in die Richtung lief, in der Chris verschwunden war. Aber er schien zu spüren, dass Mike nicht willkürlich die Richtung geändert hatte, denn er schloss sich ihm auf der Stelle an.

Jetzt sahen sie Chris wieder – er befand sich nicht sehr weit von ihnen und rannte, so schnell es das Gewirr von Schlingpflanzen und Wurzeln auf dem Boden zuließ. Irgendetwas war vor ihm, aber sie konnten nicht genau erkennen, was.

»Chris!«, schrie Mike. »Bleib stehen!«

Falls Chris die Worte überhaupt hörte, so ignorierte er sie. Er hatte nun festeren Boden erreicht und griff schneller aus, sodass sein Vorsprung für einen Moment sogar noch wuchs. Mike fluchte, vergaß auch noch den Rest von Vorsicht und beschleunigte seine Schritte ebenfalls. Schon nach ein paar Schritten hatte er ihn eingeholt und riss ihn derb an der Schulter zurück. Chris wollte sich losreißen, aber Mike hielt ihn mit eiserner Hand fest. »Bist du verrückt?« fuhr er ihn an. »Du kannst doch nicht allein losstürmen!«

»Da vorne ist etwas!« Chris versuchte erneut sich loszureißen, und deutete mit der anderen Hand nach vorne. »Das müssen sie sein! Die Wesen, die uns beobachtet haben!«

»Das ist doch noch lange kein Grund –« Etwas knackte deutlich hörbar im Unterholz. Ein Schatten bewegte sich zwischen den Blättern und für einen Moment glaubte Mike das Aufblitzen eines Augenpaares zu sehen.

Überrascht ließ er Chris' Schulter los und sah noch einmal hin. Die Bewegung war jetzt nicht mehr zu erkennen, aber nur einen Moment später zitterte es im Gebüsch, ein kleines Stück links von der ersten Stelle, und dann hörte er trappelnde, sehr schnelle Schritte, die sich rasch entfernten.

Was er Chris noch vor einer Sekunde vorgeworfen hatte, das tat er nun selbst: Ohne zu überlegen rannte er los. Das Jagdfieber hatte ihn gepackt und es ließ ihn sowohl die Gefahr als auch seine eigenen Ermahnungen auf der Stelle vergessen. Mit weit ausgreifenden Schritten erreichte er das Gebüsch, in dem der Schatten verschwunden war, umrundete es und sah einen Umriss dicht vor sich hinter einem Baum verschwinden. Er konnte nicht genau erkennen, was es war, aber das Wesen war viel kleiner als er, und es bewegte sich sehr flink. Er beschleunigte seine Schritte noch mehr.

Hinter ihm wurden Trautmans und dann auch Bens und Juans Stimmen laut, die nun seinen Namen schrien. Mike erreichte den Baum, hinter dem das flüchtende Geschöpf verschwunden war, sah gerade noch einen Schatten in einem Gebüsch zur Linken verschwinden und änderte abrupt seine Richtung.

Vor ihm bewegten sich die Äste, dann sah er einen Schemen nach rechts davonhuschen, warf sich mitten in der Bewegung herum und erreichte das Geschöpf mit einem gewaltigen Satz. Mit weit vorgestreckten Armen packte er es und riss es von den Füßen.

Sofort traf ihn ein Tritt vor das Schienbein, Krallen zerrissen sein Gesicht. Er konnte kaum etwas sehen. Mike wollte die Hände hochreißen, um sein Gesicht zu schützen, da traf ihn ein heftigerer Hieb in den Leib. Instinktiv zog er den Kopf zwischen die Schultern und versuchte die wirbelnden Arme festzuhalten, aber sein Gegner schien über mehr als nur zwei Gliedmaßen zu verfügen. Zum dritten Mal traf ihn ein Schlag in den Magen.

Mike krümmte sich, warf sich aber trotzdem nach vorne und schaffte es endlich, den sich wie toll wehrenden Körper unter sich zu begraben. Wie von weit her konnte er hören, wie die anderen herangelaufen kamen und bei ihm stehen blieben. Sonderbarerweise machte keiner von ihnen auch nur den Versuch, ihm zu helfen.

»Verdammt, warum hilft mir denn keiner?!«, brüllte Mike. »Wollt ihr zusehen, wie es mich umbringt?«

Jemand lachte.

Mike sah verdutzt auf, blickte erst in Trautmans, dann in Singhs Gesicht, und was er darin erblickte, das war das Gleiche: Ein Ausdruck, der zwischen Verblüffung, Staunen und kaum mehr verhohlener Schadenfreude schwankte.

»Bravo«, sagte Ben grinsend und begann spöttisch zu applaudieren. »Das war eine echte Leistung, Mike.«

»Das kann man wohl sagen«, fügte Trautman hinzu. »Da hast du ja ein wirklich gefährliches Ungeheuer gefangen.«

Es verging immer noch eine Sekunde, bis Mike endlich auf die Idee kam, den Blick von Trautmans Gesicht zu lösen und das anzusehen, was er gepackt hatte und mit Müh und Not am Boden hielt.

Und dann mindestens zehn Sekunden, in denen er nichts anderes tat, als reglos dazusitzen und sich unbeschreiblich dämlich vorzukommen.

Das *gefährliche Ungeheuer*, das er erlegt hatte, war ein Mädchen von allerhöchstens sieben oder acht Jahren.

Verblüfft ließ Mike die Handgelenke des Mädchens los – mit dem Ergebnis, dass er sofort eine schallende Ohrfeige bekam, die ihm die Tränen in die Augen steigen ließ, und kaum eine Sekunde später einen Stoß vor die Brust, der ihn rücklings zu Boden schleuderte.

Dann sprang das Mädchen auf, sah sich wild um und begann am ganzen Leib zu zittern, als es begriff, dass es umzingelt war – Trautman, Singh, Serena und die drei anderen Jungen bildeten einen Kreis, aus dem es kein Entkommen gab.

»Hab keine Angst, Kleines«, sagte Trautman. »Wir tun dir nichts.« Er lächelte beruhigend, streckte die Hand aus und trat einen Schritt auf das Mädchen zu. Die Kleine wich etwas zurück und hob die zu Fäusten geballten Hände. In ihrem Blick flackerte nackte Panik. Trautman blieb wieder stehen.

Als Nächstes versuchte es Singh, aber mit dem gleichen Ergebnis. Erst als Serena sich mit sanfter Stimme an das Mädchen wandte, nahm es zögernd die Hände herunter. Aber es zitterte noch immer am ganzen Leib, und es dauerte lange, bis es so weit Vertrauen zu Serena gefasst hatte, dass die Atlanterin es wagte, sich ihm zu nähern und schließlich einen Arm um seine Schulter zu legen. Dann aber brach all die aufgestaute Furcht und Angst schlagartig aus ihm heraus. Mit einer so heftigen Bewegung, dass es Serena beinahe von den Füßen gerissen hätte, warf es sich an ihre Brust und begann krampfhaft zu schluchzen. Serena schloss beide Arme um seine Schultern und begann ihm leise, beruhigende Worte zuzuflüstern.

»Wirklich, eine reife Leistung«, sagte Ben, der noch immer genauso unverschämt breit grinste wie bisher. »Wir sollten uns einen neuen Namen für dich ausdenken. Wie wäre es mit *Drachentöter*?«

»Wenn du so weitermachst, brauchst du einen neuen Namen«, grollte Mike. »Hinkefuß oder Zahnlücke.«

Ben lachte schallend. Mike schenkte ihm noch einen abschließenden, bösen Blick, dann richtete er sich mühsam auf und tastete mit spitzen Fingern über sein Gesicht. Seine Haut brannte wie Feuer, und er fühlte mindestens zwei Dutzend Kratzer, von denen einige bluteten.

Langsam trat er auf das Mädchen zu und betrachtete es genauer. Es war noch jünger, als er im ersten Moment geglaubt hatte – vielleicht sechs Jahre alt, und sie befand sich in einem erbarmungswürdigen Zustand. Ihre Kleider hingen in Fetzen an ihr herunter. Ihre Haut starrte vor Schmutz und ihr Haar war strähnig verklebt und so schmutzig, dass man seine ursprüngliche Farbe nicht einmal mehr erraten konnte. Ihr Gesicht und ihre Hände waren mit zahllosen, verschorften Kratzern und Schnitten übersät, und sie war so mager und ausgezehrt, als hätte sie seit Wochen nichts mehr zu essen bekommen. Es musste wohl die schiere Todesangst gewesen sein, die ihr die Kraft gegeben hatte, sich so heftig gegen ihn zu wehren.

»Wer bist du?«, fragte er. »Wie ist dein Name?«

Das Mädchen sah kurz unter Serenas Armen hindurch zu ihm hinüber und drückte sich dann noch enger an ihre Brust. Mike wollte einen weiteren Schritt auf sie zugehen, aber Serena hob abwehrend die Hand.

»Lass sie in Ruhe«, sagte sie. »Du siehst doch, dass sie Angst vor dir hat. Warum musstest du auch so brutal zu ihr sein?«

Mike blieb angesichts dieser Worte beinahe die Luft weg. Wenn hier jemand brutal zu jemanden gewesen war, dann bestimmt nicht er zu dem Mädchen, sondern wohl eher umgekehrt. Er setzte zu einer dementsprechenden Entgegnung an, aber Trautman kam ihm zuvor und brachte ihn mit einer besänftigenden Geste zum Schweigen.

»Vielleicht ist es wirklich das Beste, wenn wir sie erst einmal ganz in Ruhe lassen«, sagte er. »Serena wird sich schon um sie kümmern. Schauen wir uns inzwischen nach einem geeigneten Platz für die Nacht um.«

Mike fügte sich, wenn auch nicht ohne vorher noch einmal demonstrativ mit spitzen Fingern über die Kratzer und Schrammen zu fahren, die sein Gesicht verunzierten. Das Ergebnis fiel allerdings nicht unbedingt so aus, wie er gehofft hatte. Anstelle von Mitleid erntete er nur eine Reihe spöttischer Blicke, sodass er schließlich aufgab und Trautman folgte.

Während der folgenden halben Stunde suchten sie die nähere Umgebung gründlich ab, aber ganz wie Mike insgeheim schon befürchtet hatte, war das Einzige, was einem *sicheren* Platz auch nur nahe kam, eine gewaltige Astgabel acht oder neun Meter über dem Erdboden. Gottlob war der Baum leicht zu ersteigen, was Mike aber nicht sonderlich beruhigte – wenn *sie* leicht dort hinaufkamen, dann galt das auch für alle anderen Bewohner dieses Waldes. Aber es war das Beste, was sie fanden.

Schließlich kehrten sie zu Serena, Astaroth und dem fremden Mädchen zurück. Die Kleine hatte mittlerweile aufgehört zu weinen, kauerte aber noch immer angstvoll an Serena geschmiegt auf dem Boden und sah ihnen – und vor allem Mike

– misstrauisch entgegen. Astaroth hatte sich auf ihrem Schoß zusammengerollt und schnurrte zufrieden, während das Mädchen ihn mit einer Hand zwischen den Ohren kraulte.

»Nun?«, fragte Trautman. Er lächelte dem Mädchen aufmunternd zu, aber er fing auch Serenas warnenden Blick auf und wagte es nicht, sich ihr weiter als zwei Schritte zu nähern. »Wie geht es dir? Hast du dich beruhigt?«

Er bekam keine Antwort. Serena quittierte seinen fragenden Blick nur mit einem Schulterzucken, sodass Trautman es nach einigen Sekunden noch einmal versuchte: »Wie ist dein Name, Kleines?«, fragte er. »Ich bin Trautman. Das da sind Singh, Ben, Chris und Juan. Und Serena und ihren kleinen Spielgefährten da kennst du ja schon.«

Der *Spielgefährte* quittierte diese unwürdige Bezeichnung mit einem strengen Blick in Trautmans Richtung, enthielt sich aber ansonsten jedes Kommentares, und Trautman deutete als Letztes auf Mike und sagte: »Das ist Mike. Ich hoffe, du bist ihm nicht mehr böse. Er hat nicht gleich gesehen, wer du bist, weißt du? Und du? Wie heißt du?«

Einen Moment lang sah es nicht so aus, als würde er eine Antwort bekommen, aber dann zog das Mädchen lautstark die Nase hoch, wischte sich mit dem Unterarm die Tränen vom Gesicht und sagte: »Annie. Ich heiße Annie. Eigentlich Annegret, aber alle nennen mich Annie.«

»Annie, so.« Trautman lächelte erneut und ließ sich in zwei Metern Abstand zu dem Mädchen in die Hocke sinken, damit sie nicht mehr zu ihm aufsehen musste, während sie miteinander sprachen.

»Wir sind Schiffbrüchige, Annie«, fuhr er fort. »Wir sind an der Küste gestrandet und suchen seither andere Menschen. Wir sind sehr froh, dass wir auf dich getroffen sind, musst du wissen. Aber du bist doch bestimmt nicht allein hier, oder?«

Annie schwieg. Sie drückte sich enger an Serena. Ihr Blick wanderte unsicher zwischen Trautman und Mike hin und her.

»Bist du mit deinen Eltern hergekommen?«, fragte Juan.

»Mit meinem Dad«, antwortete Annie. »Und Onkel Mark und Tante Sue. Mom ist zu Hause geblieben. Sie hasst Seereisen.«

»Und wo ist dein Dad jetzt?«, fragte Trautman.

»Fort«, antwortete Annie in trotzigem Ton. »Die Drachen haben ihn geholt. Und die anderen auch.«

»Die Drachen?« Trautman tauschte einen überraschten Blick mit Serena, aber wieder antwortete die Atlanterin nur mit einem angedeuteten Achselzucken. Offenbar hatte sie bisher auch nicht viel mehr von dem Mädchen erfahren.

»Was meinst du mit Drachen?«

»Die Drachen eben«, erwiderte Annie stur. »Sie haben sie geholt. Sie haben sich gewehrt und auf sie geschossen, aber es waren zu viele. Sie haben sie alle weggeschleppt. Aber mich haben sie nicht gekriegt. Ich habe mich auf einem Baum versteckt. Sie können nicht gut klettern.« Sie begann wieder stärker zu zittern. Ihre Augen füllten sich mit Tränen.

»Drachen?«, murmelte Ben. »Aber das ist –«

Trautman schnitt ihm mit einer hastigen Geste das Wort ab. »Du brauchst keine Angst mehr zu haben, Annie«, sagte er. »Du bist jetzt in Sicherheit. Niemand wird dir jetzt noch etwas tun. Drachen, sagst du? Wie haben sie ausgesehen?«

»Wie Drachen eben«, antwortete Annie. Ihre Stimme zitterte. Sie war kurz davor, wieder in Tränen auszubrechen, und Trautman schien das wohl zu begreifen, denn er drang nicht weiter in sie, sondern stand nach einigen Sekunden wieder auf und deutete in die Richtung, in der der Baum lag, den sie sich als Nachtlager ausgesucht hatten.

»Es wird bald dunkel, Annie«, sagte er. »Wir haben einen sicheren Platz für die Nacht entdeckt. Willst du mit uns kommen?«

Einige Sekunden lang blickte ihn das Mädchen nur aus großen Augen an, aber dann nickte es. Serena ließ seine Schulter los, und Annie erhob sich unsicher auf die Füße. Sie schwankte ein bisschen, und Mike begriff erst jetzt, dass ihr Zittern nicht allein auf ihre Furcht zurückzuführen war. Das Mädchen war vollkommen entkräftet. Wahrscheinlich irrte es schon seit Tagen allein durch diesen Wald, ohne etwas zu essen oder sich auch nur einmal wirklich ausruhen zu können. Mike fragte sich, ob sie alle wohl in einigen Tagen ebenso aussehen würden wie Annie.

»Kannst du gehen?«, fragte Trautman. »Oder soll Singh dich tragen? Er ist sehr stark, weißt du?«

»Ich kann gehen«, antwortete Annie stolz. »Ich kann sogar schnell laufen. Viel schneller als die Drachen.«

»Das glaube ich dir gerne«, antwortete Trautman lächelnd. »Sonst wärst du ja auch nicht hier, nicht wahr? Dann komm.«

Annie hielt tatsächlich mit ihnen Schritt, zumindest bis sie den Baum erreichten. Als es darum ging, hinaufzuklettern, versagten ihre Kräfte jedoch, sodass Singh sie kurzerhand auf die Arme nahm und trug. Sie versteifte sich, als sie seine Berührung spürte, und hielt vor lauter Schrecken den Atem an, bis sie die Astgabel erreicht hatten und der Inder sie wieder absetzte.

Kaum waren sie oben angelangt, begann es zu dämmern. Die Sonne war über dem Blätterdach des Dschungels schon seit einer Weile nicht mehr sichtbar gewesen, aber jetzt überzog sich der Himmel rasch mit mattem Grau, das auch noch das letzte bisschen Tageslicht aufzusaugen begann, und es wurde zum ersten Mal seit Stunden ein wenig kühler.

Mike betrachtete ihr Nachtlager mit gemischten Gefühlen. Trotz all seiner eigenen Bedenken zweifelte er im Grunde nicht daran, dass ihnen die Höhe Schutz vor den meisten räuberischen Bewohnern des Waldes bot, aber zugleich stellte sie auch eine nicht zu unterschätzende Gefahr dar. Trautman hatte den sichersten Platz direkt in der Astgabelung für Serena und Annie reserviert, alle anderen mussten sich eine Schlafstelle auf den Ästen suchen. Und auch wenn sie zum Teil meterbreit waren, so waren es doch trotzdem *Äste*. Eine unbewusste Bewegung im Schlaf konnte verheerende Folgen haben.

»Sucht euch alle einen Platz«, sagte Trautman, nachdem er sich davon überzeugt hatte, dass Serena und das Mädchen sicher untergebracht waren. »Und versucht am besten gleich zu schlafen. Wir brechen morgen mit dem ersten Tageslicht wieder auf.«

»Wenn wir dann noch leben«, maulte Ben.

»Singh und ich werden abwechselnd wachen«, erwiderte Trautman. »Und es nutzt niemandem, wenn wir uns ununterbrochen selbst davon überzeugen, wie aussichtslos unsere Lage ist, Ben.« Er deutete auf Annie. »Nimm dir ein Beispiel an diesem

Mädchen. Sie war in einer viel schlimmeren Situation und sie hat nicht aufgegeben.«

»Vielleicht sollten wir uns festbinden«, schlug Juan vor. »Damit niemand im Schlaf vom Baum fällt.«

»Eine gute Idee«, lobte Trautman. »Ich werde ein paar Lianen abschneiden – und vielleicht finde ich sogar etwas zu essen.« Er stand unverzüglich auf und balancierte mit einer Sicherheit über den Ast davon, die Mike mit purem Neid erfüllte. Ihm wurde schon schwindelig, wenn er auch nur nach unten sah, aber Trautman bewegte sich so gelassen, als befände sich unter ihm sicherer Boden, kein fast zehn Meter tiefer Abgrund.

Die Müdigkeit machte sich nun stärker in Mike bemerkbar. Er hatte alle Mühe, die Augen offen zu halten, bis Trautman mit den versprochenen Stricken – allerdings ohne etwas Essbares – zurückkam und sie sich gegenseitig dabei halfen, sich festzubinden. Danach schlief er beinahe unverzüglich ein.

Ein Geräusch weckte Mike und der erste bewusste Gedanke war, dass noch lange nicht Morgen sein konnte. Er hatte das Gefühl, die Augen gerade erst geschlossen und noch gar nicht richtig geschlafen zu haben.

Als er die Lider hob, sah er im ersten Moment nichts als undurchdringliche Dunkelheit, in der sich erst nach einigen Augenblicken verschwommene Schatten und schemenhafte Umrisse abzuzeichnen begannen. Es *war* mitten in der Nacht. Irgendetwas hatte ihn geweckt.

Mike hob müde den Kopf und blickte nach links. In der Dunkelheit scheinbar endlos weit entfernt sah er Trautman, Singh und einen weiteren, nicht zu identifizierenden Schatten dasitzen. Sie unterhielten sich mit gedämpften Stimmen. Mike löste die verknotete Liane um seine Brust, richtete sich auf und balancierte mit ausgestreckten Armen zu Trautman und Singh hinüber. Erst als er sie fast erreicht hatte, erkannte er das dritte Mitglied der kleinen Runde, Serena.

Trautman sah ihn strafend an, aber Mike kam ihm zuvor: »Ich konnte nicht schlafen«, sagte er. Er setzte sich zwischen Serena und Singh auf den Stamm und versuchte unauffällig nach einem festen Halt zu tasten. »Habt ihr irgendetwas von Annie erfahren?«

Glaubst du mir eigentlich nicht?, beschwerte sich Astaroth. Mike ignorierte ihn.

»Nur was du schon weißt«, antwortete Trautman kopfschüttelnd. »Wie es aussieht, waren sie und die anderen auf einer Urlaubsreise. Ein Sturm hat ihr Schiff vom Kurs gebracht und schließlich sind sie am Strand aufgelaufen – die Yacht, die wir gefunden haben, war ihre. Sie sind insgesamt zu fünft gewesen. Das Mädchen, ihr Vater, ihr Onkel, seine Frau und ein Matrose. Anscheinend sind sie in den gleichen Nebel geraten wie wir – und was danach passiert ist, kann ich nur raten.« Er seufzte. »Ich nehme an, sie sind von einem Saurier angegriffen worden. Ich hoffe zwar, dass ich mich irre, aber ich fürchte, dass die anderen tot sind.«

»Die Schüsse, die wir gehört haben«, vermutete Mike.

»Ja«, sagte Trautman. »Wenn es ein ebensolches Ungeheuer war wie das, das dich angegriffen hat, dann hat es sich von einem Gewehr nicht sonderlich beeindrucken lassen.«

»Sie sprach von Drachen«, erinnerte Serena. »Von *mehreren* Drachen.«

»Vielleicht waren es mehrere Saurier«, antwortete Trautman.

»Und wenn nicht?« Serena machte ein nachdenkliches Gesicht. »Ich meine: was, wenn es keine Saurier waren?«

»Aber auch keine Menschen?« Trautman verstand auf Anhieb, was Serena meinte – ganz im Gegensatz zu Mike, der die beiden verständnislos ansah, bis Trautman fortfuhr: »Du meinst das ... Wesen, das Chris zu sehen geglaubt hat.«

»Ich habe es nicht *zu sehen geglaubt*«, sagte eine Stimme in der Dunkelheit hinter ihnen. Mike sah über die Schulter zurück und erkannte Chris, der ebenfalls aufgestanden war und sich zu ihnen gesellte. Er blickte alle Versammelten vorwurfsvoll an. »Ich habe es genau gesehen. Ich bin doch nicht verrückt oder leide unter Einbildungen.«

»Das behauptet auch niemand«, versicherte Trautman hastig. »Aber manchmal sieht man Dinge, die gar nicht da sind, weißt du? Dazu muss man nicht unbedingt verrückt sein.« Er wirkte ein bisschen verlegen.

»Vielleicht war es nur ein Schatten.« Ben kam, die verletzte Hand in einer wie zufällig wirkenden Geste hinter dem Rücken haltend, aus der Dunkelheit heran und suchte sich einen Platz, und es verging nicht einmal eine Sekunde, da erschien als Letzter auch Juan. Er sagte nichts, aber man sah ihm an, dass er ebenso wenig geschlafen hatte wie irgendeiner der anderen. Obwohl sie alle sehr müde waren, würden sie wahrscheinlich in dieser Nacht ohnehin keine Ruhe finden. Trautman musste das wohl auch einsehen, denn er verzichtete auf eine entsprechende Ermahnung.

»Es war *kein* Schatten«, wiedersprach Chris heftig. »Ich habe es ganz genau gesehen. Und was ist mit den Spuren? Seit wann tragen Schatten Schuhe?«

»Also gut, also gut.« Trautman seufzte wieder. »Wenn es kein Saurier war und auch kein Mensch – was war es dann? Annies Drachen?«

»Vermutlich«, sagte Mike. »Fragt sich nur, was sie *wirklich* sind.«

»Ich fürchte, das werden wir früh genug herausfinden«, murmelte Ben. »Wenn sie wirklich Annies Leute überfallen haben, dann sind sie uns bestimmt nicht besonders wohlgesinnt.« Er schwieg eine Sekunde, in der er Serena eindringlich anblickte »Ist dir mittlerweile eingefallen, wie wir wieder hier wegkommen?«

»Jedenfalls ist jetzt klar, dass es nicht *ihre* Schuld ist, dass wir hier sind«, sagte Mike laut, ehe Serena antworten konnte.

»Ach?«, fragte Ben lauernd. »Und wieso, Sir Lancelot?«

Mike schoss einen bösen Blick in seine Richtung ab, aber er musste plötzlich daran denken, was Astaroth ihm gerade über Ben erzählt hatte, und so fiel seine Antwort um einiges sanfter aus, als wohl auch Ben selbst erwartet hatte. »Ich sage das nicht nur, um Serena zu verteidigen«, sagte er ruhig. Er deutete auf Annie, die eng zusammengerollt in der Astgabel lag und als Einzige noch schlief. »Sie sind in denselben Nebel geraten wie wir. Und da war Serena nicht einmal in der Nähe.«

Der Ast, auf dem sie saßen, zitterte ganz sacht und Mike

hielt sich instinktiv ein wenig mehr fest, beachtete es aber ansonsten gar nicht, sondern fuhr, nun nicht mehr allein an Ben, sondern an alle gewandt fort: »Wahrscheinlich hat Serena Recht – es ist nur eine Legende. Wenigstens was den Teil angeht, dass nur die Könige von Atlantis diese Insel betreten können. Und wenn man auf normalem Weg hierher kommen kann, dann muss es auch einen Weg geben, um wieder weg–«

»Still!« Serena hob warnend die Hand. »Hört ihr nichts?«

Erschrockene Stille breitete sich aus. Mike lauschte angespannt, doch er hörte gar nichts außer den natürlichen Geräuschen des Waldes. Aber in der nächsten Sekunde *fühlte* er etwas. Der Ast unter ihnen erzitterte wieder – und nicht nur der Ast. Der ganze Baum bebte.

»Was ... was ist das?«, flüsterte Chris. Seine Stimme war heiser vor Furcht.

Niemand antwortete, aber das Zittern und Beben nahm jetzt immer deutlicher zu, schließlich hörten sie ein dumpfes Grollen und Rumoren, das wie ferner Gewitterdonner heranrollte. Es vergingen nur einige Sekunden, bis es zu einem wahren Tosen anschwoll und der Ast so heftig unter ihnen zu schwanken begann, dass sie sich mit aller Macht daran festklammern mussten, um nicht abgeworfen zu werden.

»Um Gottes willen!«, schrie Ben. »Was ist das?«

»Keine Ahnung!«, schrie Trautman zurück. »Haltet euch fest! Ganz egal, was passiert!«

Der Lärm schwoll jetzt so sehr an, dass er jedes andere Geräusch verschluckte, und der ganze Wald schien zu schwanken wie ein Kornfeld im Sturm. Irgendetwas kam heran. Etwas Gewaltiges.

Als Mike es dann sah, war es im ersten Moment nur ein Schatten, aber ein Schatten von so ungeheuerlichen Ausmaßen, dass man meinen konnte, eine gewaltige schwarze Flutwelle brandete unter ihnen durch den Dschungel. Erst als sie den Baum fast erreicht hatte, zerbrach sie in zahllose kleinere, aber nichtsdestotrotz immer noch riesige Schatten, und endlich erkannte er, worum es sich wirklich handelte.

Es war eine Herde gewaltiger Tiere, die dicht an dicht durch den Dschungel stampfte und dabei wie eine lebende Lawine alles niederwalzte, was sich ihnen in den Weg stellte. Jedes Einzelne der Tiere musste an die zehn Meter lang und sicher drei Meter hoch sein, und sie waren so massig, dass ein Elefant wie ein kleines Pony daneben gewirkt hätte. Ihre Körper waren mit gewaltigen Panzerplatten bedeckt, und die Köpfe, die in gebogenen, vogelähnlichen Schnäbeln endeten, trugen drei riesenhafte Hörner, die jedoch nicht seitlich, sondern direkt nach vorne gerichtet waren. Die Tiere mussten Tonnen wiegen. Trotzdem bewegten sie sich mit erstaunlicher Schnelligkeit. Der Baum erzitterte immer wieder unter gewaltigen Schlägen, wenn einer der gepanzerten Giganten dagegen stieß, sodass sich Mike und die anderen mit aller Kraft festklammern mussten um nicht abzurutschen. Ein Sturz in diese lebendige Lawine wäre der sichere Tod gewesen.

Es waren unendlich viele Tiere. Es dauerte etwa eine halbe Stunde, bis es keine dicht geschlossene, lebende Woge mehr war, die unter ihnen dahintrampelte, sondern nur mehr vereinzelte Tiere liefen, Nachzügler, die der großen Herde folgten. Der Lärm und das Zittern und Schütteln ihres Baumes nahmen ein wenig ab.

»Mein Gott, was war das?«, stöhnte Mike. Vorsichtig löste er die linke Hand von ihrem Halt, überzeugte sich davon, dass der Baum nicht mehr versuchte, ihn wie ein bockendes Wildpferd abzuwerfen, und wagte es erst dann, sich vollends aufzusetzen. Mit einem raschen Blick in die Runde überzeugte er sich davon, dass sie noch vollzählig waren. Auch Annie war mittlerweile aufgewacht und hatte sich wieder schützend an Serena gedrängt, die sich ihrerseits an Trautman presste, der die beiden Mädchen mit seinen starken Armen festhielt.

»Triceratops«, antwortete Chris. »Das sind Triceratops. Keine Angst – es sind friedliche Pflanzenfresser. Sie hätten uns nichts getan.«

»Ganz bestimmt nicht«, knurrte Ben. »Außer dass sie uns platt wie die Flundern getrampelt hätten.«

»Aber es waren so viele«, murmelte Mike fassungslos. »Das müssen Hunderte gewesen sein.«

»Wahrscheinlich eher *Zehntausende*«, korrigierte ihn Chris mit gewichtigem Gesichtsausdruck. »Sie sind in riesigen Herden gezogen, wie früher die Büffel in Nordamerika. Und sie –«

»Ruhe!«, zischte Trautman. »Da ist etwas!« Er beugte sich vor und starrte in die Dunkelheit hinunter. Mike tat es ihm gleich.

Unter ihnen trotteten noch immer einige Nachzügler der großen Herde dahin, aber den gewaltigen Sauriern folgten andere, kleinere Schatten, sie sich viel schneller bewegten und in der Dunkelheit fast wie Menschen aussahen. Was diesen Eindruck noch unterstrich, waren die kleinen, aber sehr starken Lampen, die sie in den Händen hielten, um den Weg vor sich abzuleuchten.

Was Mike im Licht dieser Lampen allerdings sah, das machte den Eindruck, ein menschliches Wesen zu erblicken, so gründlich zunichte, wie es überhaupt nur ging.

Die Geschöpfe waren eindeutig größer als Menschen, sicherlich zwei Meter, wenn nicht mehr, und dabei von so schlankem Wuchs, dass sie noch größer wirkten. Sie hatten zwei Arme, zwei Beine und einen Kopf, aber damit hörte die Ähnlichkeit mit einem Menschen schon auf. Ihre Arme waren zu lang und endeten in nur dreifingrigen sehr schmalen Händen, die zum Ausgleich allerdings über zwei gegeneinander gestellte Daumen verfügten, was ihnen ein enormes Geschick verleihen musste. Ihre Köpfe waren rund und völlig haarlos und wie der restliche Körper von winzigen, blau und grün schimmernden Hornpailletten bedeckt und sie wurden ganz von zwei riesigen gelben Augen beherrscht, die unter mächtigen Knochenwülsten herausblickten. Sie hatten breite, dünnlippige Münder und eine kaum sichtbare Nase und sie verständigten sich mit hohen schnatternden Tönen und etwas tieferen Zischlauten, die selbst durch das Dröhnen der davonziehenden Herde noch deutlich zu verstehen waren. Einige von ihnen hielten lange metallene Stöcke in den Händen, deren Bedeutung Mike im ersten Augenblick nicht klar war. Doch dann sah er, wie eines der riesigen Tiere von seinem Weg abwich, um einige Blätter von einem niedergetrampelten Busch abzureißen. Sofort richtete einer der Geschuppten seine Lampe auf den Triceratops und stieß einen zischenden Laut ausund eines der anderen Wesen eilte hin und hob seinen Stab. Ein helles, elektrisches Knistern erklang und ein blauer Lichtblitz löste sich vom Ende des Stabes und traf den gepanzerten Giganten. Der Triceratops grunzte erschrocken, drehte sich schwerfällig wieder herum und setzte seinen Weg auf dem alten Kurs fort.

»Hirten!«, murmelte Ben fassungslos. »Das ... das sind Viehhirten! Diese Biester sind ihre Herde!«

Er hatte sehr leise gesprochen – und trotzdem zu laut, denn eines der Geschöpfe blieb plötzlich stehen und legte lauschend den Kopf auf die Seite. Mike und die anderen beobachteten mit angehaltenem Atem, wie es sich langsam einmal im Kreis drehte und dabei seine Lampe schwenkte. Der gelbe, sonderbar asymmetrisch geformte Lichtkreis tastete über zertrampelte Büsche und Bäume, blieb hier auf einem Schatten, da an einem Umriss hängen und wanderte nur langsam weiter.

Mikes Herz begann vor Aufregung schneller zu schlagen. Wenn das Wesen auf die Idee kam, seine Lampe zu heben und in die Baumwipfel hinaufzuleuchten, dann musste es sie entdecken. Die Astgabel, in der sie Zuflucht gesucht hatten, war vollkommen kahl und bot nicht die mindeste Deckung.

Aber sie hatten noch einmal Glück. Das Geschöpf beendete seine Drehung, und da es nichts Auffälliges gesehen hatte, kam es wohl zu dem Schluss, sich getäuscht zu haben, denn es senkte seine Lampe wieder und schritt schneller aus, um zu seinen Kameraden und der Herde aufzuschließen. Trotzdem wagte es lange keiner von ihnen, sich zu rühren oder etwas zu sagen. Erst als das Dröhnen der davonziehenden Herde ebenso wie die blitzenden Lichter längst im Wald hinter ihnen verschwunden war, richtete sich Mike wieder hoch und atmete erleichtert auf.

»Das war knapp«, murmelte er. »Das nächste Mal behältst du deine wissenschaftlichen Erkenntnisse für dich, bis jemand danach fragt, Ben, okay? Diese Wesen scheinen über verdammt gute Ohren zu verfügen.«

Er rechnete mit einer patzigen Antwort, aber sie kam nicht, und als er sich zu den anderen herumdrehte, sah er auch, warum.

Annie hatte sich in Trautmans Arme zu einem Ball zusammengerollt. Sie zitterte am ganzen Leib und wimmerte leise. Im ersten Moment hielt Mike es wirklich nur für ein Weinen, aber dann verstand er die Worte, die Annie immer und immer wieder schluchzte.

»Die Drachen!«, sagte das Mädchen. »Die Drachen kommen.«

Mike hatte geglaubt, dass an Schlaf in dieser Nacht nicht mehr zu denken wäre, aber er täuschte sich. Nachdem es ihnen gelungen war, Annie halbwegs zu beruhigen, diskutierten sie noch eine Weile über das Erlebte, aber schließlich verlangten ihre Körper nachhaltig ihr Recht und sie schliefen nacheinander ein.

Mike erwachte als Letzter, auch jetzt wieder mit dem Gefühl, die Augen gerade erst zugemacht zu haben, aber zumindest nicht mehr so erschöpft wie am vergangenen Abend. Es war bereits wieder warm und es würde sicher nicht mehr lange dauern, bis es *heiß* wurde. Die Sonne stach ihm schon jetzt unangenehm grell in die Augen.

Noch immer ein wenig benommen, richtete er sich auf, rieb sich gähnend über das Gesicht und sah sich um. Trautman und Singh hockten in einiger Entfernung beieinander und redeten. Mike zweifelte daran, dass sie in dieser Nacht überhaupt ein Auge zugetan hatten. Ben hockte neben ihm auf dem Ast und betrachtete seine Umgebung. »Wo sind Serena und die anderen?«, fragte Mike.

»Astaroth ist schon seit längerer Zeit im Wald verschwunden«, erwiderte Ben. »Wahrscheinlich geht er ein paar Saurier erschrecken. Die anderen sind irgendwo. Schätze, sie suchen etwas Essbares.«

Der Gedanke an etwas zu essen weckte Mikes Hunger. Sein Magen begann hörbar zu knurren. Er schenkte Ben noch ein weiteres, schadenfrohes Grinsen, stand auf und begann vorsichtig den Baum hinunterzusteigen.

Jetzt im hellen Licht des neuen Tages, konnte er die Verheerung, die die vorüberziehende Triceratopsherde angerichtet hatte, erst richtig überblicken. Der Wald sah aus, als wären zwei Dutzend Planierraupen nebeneinander hindurchgefahren und das mindestens fünfmal in jede Richtung. Das dichte Unterholz und Gestrüpp, das am Tag zuvor solche Mühe bereitet hatte, war einfach verschwunden. Selbst kleinere Bäume waren niedergewalzt und zu Sägespänen zertrampelt worden. Nur die wirklich großen, massiven Stämme waren stehen geblieben, aber selbst sie zeigten deutliche Spuren der Giganten, die an ihnen vorbeigezogen waren: Der Baum, auf dem sie die Nacht verbracht hatten, hatte bis zu einer Höhe von gut vier Metern keine Rinde mehr. Mike beglückwünschte Trautman im Nachhinein dazu, auf diesem luftigen Nachtlager bestanden zu haben. Hätten sie auf ebener Erde gelagert, dann wären sie jetzt wahrscheinlich nicht mehr am Leben. Die Herde hatte eine Bresche in den Wald geschlagen, auf der nichts mehr existierte und die wahrscheinlich erst in einem Jahrzehnt wieder bewachsen sein würde.

Diese Erkenntnis führte zu einer weiteren, die allerdings einige Augenblicke benötigte, um ganz in sein Bewusstsein zu dringen – wenn diese Insel nämlich groß genug war, um eine solch gigantische Herde dieser Riesentiere zu beheimaten, dann konnte es sich nur um eine wirklich *gewaltige* Landmasse handeln – nicht nur um eine große Insel, wie sie am Anfang noch vermutet hatten. Und *das* wiederum bedeutete, dass ihre Chancen, möglichst schnell wieder von hier wegzukommen, noch viel schlechter standen, als Mike bisher angenommen hatte.

Der Gedanke war nicht unbedingt dazu angetan, ihn aufzumuntern. Also schob er ihn beiseite und schritt stattdessen schneller aus um Serena zu finden. Er musste sich gute zwei- oder auch dreihundert Meter von ihrem Baum entfernen, ehe er wieder einen Bereich des Waldes betrat, der nicht zerstört worden war, und schließlich Serena fand.

Die Atlanterin kam ihm entgegen. Sie wirkte fröhlich wie schon lange nicht mehr. Ihr Gesicht war gerötet und ihr Haar nass und dunkel: Mike nahm an, dass sie am Fluss gewesen war, um sich zu waschen und vielleicht etwas zu trinken. Außerdem hielt sie eine sonderbar aussehende, dunkelrote Frucht in der Hand, von der sie immer wieder große Stücke abbiss und sie genüsslich kaute.

Der Anblick weckte Mikes Hunger schlagartig wieder. Sein Magen begann zu knurren, aber zugleich durchfuhr ihn auch ein riesiger Schrecken. »Serena!«, rief er. »Bist du verrückt?«

»Nein«, antwortete Serena fröhlich. »Aber gleich satt.« Sie hielt ihm die Frucht hin. »Willst du auch ein Stück? Schmeckt köstlich.«

Der Anblick der verlockenden Frucht ließ Mike das Wasser im Munde zusammenlaufen. Ganz impulsiv hob er die Hand um danach zu greifen, schüttelte aber dann den Kopf und sagte: »Oder auch gleich tot. Was, wenn sie giftig ist?«

»Dazu schmeckt sie viel zu gut«, erwiderte Serena fröhlich und biss erneut herzhaft in die Frucht. »Außerdem sterbe ich lieber heute an einer giftigen Frucht, als in ein paar Tagen jämmerlich zu verhungern.«

Sie lächelte, biss zum dritten Mal in die Frucht und begann plötzlich schallend und mit vollem Mund zu lachen. »Nun nimm schon, Dummkopf«, sagte sie. »Ich kenne diese Früchte. Im Palast meiner Eltern wurden sie zu ganz besonderen Anlässen gereicht. Ich weiß nicht einmal, wie man sie nannte, aber sie waren sehr kostbar. Ich denke, mittlerweile weiß ich auch, warum.«

Jetzt gab es natürlich kein Halten mehr für Mike. Er riss Serena die Frucht regelrecht aus den Händen und biss so hastig hinein, dass er sich beinahe verschluckt hätte. Serena hatte keineswegs übertrieben – die Frucht schmeckte einfach köstlich, auch wenn ihr Geschmack mit nichts zu vergleichen war, was er je gegessen hatte. Mike vertilgte sie bis auf den letzten Bissen. Schließlich hielt er nur noch den Stiel und einen schmalen, mit dunklen Körnern durchsetzten Kern in den Händen. Sein Hunger war keineswegs gestillt, aber sein Magen hatte wenigstens aufgehört zu knurren.

»Das war gut«, sagte er und atmete tief durch. »Ich muss sagen, deine Eltern hatten einen guten Geschmack.« Dann blickte er betroffen auf den abgenagten Kern in seiner Hand herab. »Oh«, fuhr er fort. »Jetzt habe ich dir alles wegge–«

»Das macht nichts«, unterbrach ihn Serena und machte eine Kopfbewegung in die Richtung, aus der sie gekommen war. »Dort hinten wachsen Hunderte davon. Was hältst du davon, wenn wir den anderen ein Frühstück mitbringen?«

Mike stimmte begeistert zu. Sie gingen ungefähr hundert Meter zurück in den Wald, bis Serena stehen blieb und nach oben deutete. Mike folgte mit dem Blick ihrem ausgestreckten Arm. Die Früchte waren da, ganz wie Serena gesagt hatte, und es waren wirklich Hunderte. Dummerweise wuchsen sie nicht an einem Busch, sondern an den Ästen eines Baumes. Die Untersten befanden sich etwa fünfzehn Meter über dem Erdboden.

»Oh«, sagte Mike.

Serena lachte. »Wenn du Angst hast, dann warte hier unten«, sagte sie. »Ich klettere hoch und werfe sie dir zu.« Sie machte auch unverzüglich Anstalten, ihre Worte in die Tat umzusetzen, aber natürlich ließ Mike das nicht zu. Mit einer hastigen Bewegung hielt er Serena zurück und begann den Baum hinaufzuklettern. Ungefähr auf halbem Wege begann er seine Ritterlichkeit bereits zu bedauern und er war noch längst nicht oben, da zitterten seine Hände und Knie so heftig, dass er alle Mühe hatte, überhaupt noch weiterzuklettern. Aber natürlich ließ er sich nichts davon anmerken, sondern kletterte tapfer weiter und erreichte schließlich, wenn auch schweißgebadet, die Äste, an denen die Früchte wuchsen. Ihn schwindelte ein wenig, als er nach unten blickte.

»Wirf sie einfach herunter!«, rief Serena. »Zwei für jeden müssten genügen. Sie sind sehr nahrhaft.«

Mike nickte nervös, kroch auf Händen und Knien auf einen kaum armdicken Ast hinaus und riss unsicher ein paar Früchte ab. Er fragte sich immer verblüffter, wie um alles in der Welt Serena das Kunststück fertig gebracht hatte, hier heraufzuklettern und die Frucht zu pflücken. Der Baum war nicht so hoch wie der, auf dem sie übernachtet hatten, aber die glatte Rinde bot seinen Händen und Füßen kaum Halt. Er war in Schweiß gebadet und zitterte am ganzen Leib, als er endlich wieder bei Serena angekommen war und festen Boden unter den Füßen spürte.

Serena hatte die Früchte auf einen Haufen gelegt und suchte nun etwas um sie zu transportieren. Als sie mit einem großen, grün und gelb gestreiften Blatt in den Händen zurückkam, raschelte es hinter ihnen in den Büschen und Astaroth tauchte auf. Er blieb erstaunt stehen, als er sah, was sie taten, und blickte erst Serena, dann Mike an.

Ihr habt noch mehr geholt?, fragte er.

»Noch ... mehr?«, wiederholte Mike. Ein böser Verdacht begann in ihm aufzusteigen. »Wie meinst du das?«, fragte er. Die Frage galt dem Kater, aber er sah Serena dabei an. Das Mädchen lächelte noch immer, aber es wich seinem Blick jetzt aus.

He – sag bloß, du bist auf den Baum geklettert und hast sie gepflückt!, sagte Astaroth. *Ich wusste gar nicht, dass du so sportlich bist.*

»Natürlich bin ich auf den Baum geklettert, um ...«

Mike brach mitten im Wort ab, runzelte die Stirn und sah Serena fragend an.

»Wie bist du an die Frucht gekommen?«, wollte er wissen.

Serena grinste. »Ich habe Astaroth gebeten, sie mir zu holen«, antwortete sie. »Was denn sonst? Schließlich ist er eine Katze und Katzen klettern gern auf Bäume, oder?«

Mike wusste für den Moment nicht, ob er lachen oder wütend werden sollte. Er entschied sich für Lachen, und sei es nur, um Serena nicht allzu deutlich zu zeigen, wie sehr er sich über ihren kleinen Streich ärgerte. Bei passender Gelegenheit, dachte er, würden sie sich einmal gründlich über Serenas etwas sonderbaren Sinn für Humor unterhalten müssen. Schließlich hätte er sich bei der Kletterpartie sämtliche Knochen brechen können. Er beschloss aber, für den Moment das Thema zu wechseln.

»Hat Trautman mit Annie gesprochen?«, fragte er, während sie die Früchte auf das Blatt häuften.

»Ja«, bestätigte Serena. »Während du geschnarcht hast, als wolltest du den ganzen Wald absägen. Aber er hat nicht viel Neues erfahren. Sie ist immer noch sehr verstört. Ich hoffe, sie kommt darüber hinweg.«

»Wenigstens wissen wir jetzt, wo ihre Eltern sind«, antwortete Mike. »Und dass sie noch leben.«

»Hoffentlich«, sagte Serena.

Mike hielt für einen Moment in seiner Arbeit inne und sah auf. »Wie meinst du das?«

»Sie hat zwar erzählt, dass die Drachen ihren Vater und die anderen weggeschleppt haben«, antwortete Serena, »aber nicht, dass sie sie am Leben gelassen haben, oder? Sie waren vielleicht nicht besonders begeistert davon, dass man auf sie geschossen hat.«

Natürlich hatte Mike auch schon daran gedacht. »Sie werden sie bestimmt nicht überwältigt haben, nur um sie dann umzubringen«, sagte er. »Das sind keine Tiere, Serena. Sie tragen Kleider und benutzen Werkzeuge. Es sind intelligente, denkende Wesen.«

Das behauptet ihr Menschen von euch auch, sagte Astaroth.

»Vielleicht sollten wir versuchen, mit ihnen Kontakt aufzunehmen«, fuhr Mike ungerührt fort.

Serena fuhr so erschrocken zusammen, dass sie die Frucht, die sie gerade in den Händen hielt, fallen ließ. »Nein!«, sagte sie heftig.

Mike sah sie scharf an. »Wieso? Du weißt etwas über sie, stimmt's? Du weißt, was das für Geschöpfe sind.«

»Nein«, antwortete Serena. Dann zuckte sie mit den Schultern. »Jedenfalls nicht ... nicht genau.« Sie sah Mike immer noch nicht an.

»Aha«, antwortete Mike. »Ich verstehe. Wieder eine *Legende*, wie?« Er ergriff Serena am Arm und zwang sie, ihn anzusehen.

»Ja«, gestand Serena. »Eigentlich nicht einmal das. Es ist nur eine Geschichte.«

»Und du wolltest sie uns nicht erzählen«, sagte Mike ärgerlich. »Weder gestern Nachmittag, als Chris eines dieser Wesen sah, noch gestern Nacht.«

Serena machte sich mit sanfter Gewalt los. »Es ist mir heute Morgen erst wieder eingefallen!«

»Wie praktisch!«, sagte Mike zornig. »Und wenn du dich jetzt nicht verplappert hättest, hättest du es auch gleich wieder vergessen, wie?«

Sie sagt die Wahrheit, sagte Astaroth. *Und sie hatte ihre Gründe, es euch nicht zu erzählen. Jedenfalls nicht gleich.*

»Und welche?«, wollte Mike wissen.

Obwohl Serena Astaroths Antwort nicht hatte hören können, schien sie Mikes Frage doch zu verstehen. Wahrscheinlich waren seine Gedanken im Moment nicht allzu schwer zu erraten. »Mein Vater hat mir einmal davon erzählt«, sagte sie. »Er sagte, es wären die Nachkommen der alten Herrscher dieser Welt. Die Wesen, denen dieser Planet gehört hätte, wäre der Stern nicht vom Himmel gestürzt. Und deshalb hassen sie uns. Sie hätten sein können, was wir wurden.«

»Und was ist daran so schlimm?«, wollte Mike wissen.

»Dass wir nicht mit ihnen reden können«, antwortete Serena. »Mein Volk hat es versucht, aber sie wollten nicht mit uns sprechen. Sie hassen uns. Und sie sind furchtbar stark und sehr gefährlich. Mein Vater sagt, dass ... dass sie uns besiegen würden, würden sie jemals den Weg in die richtige Welt finden. Ich war noch ganz klein und ich habe immer gedacht, es wäre nur eine Geschichte, die er mir erzählt hat, um mich zu erschrecken. Aber jetzt ...«

»Stimmt das?«, fragte Mike Astaroth.

Der Kater zögerte einen Moment zu antworten. *Ich fürchte ja,* sagte er dann. *Man kann nicht mit ihnen reden. Wenn auch aus anderen Gründen, als sie meint.*

Mike verzichtete vorläufig darauf, den Kater nach der genauen Bedeutung dieser Worte zu fragen. Er war noch immer viel zu aufgebracht und trotz Astaroths Versicherungen ziemlich wütend auf Serena.

»Wir sollten diese Geschichte Trautman erzählen«, sagte er. »Und auch alles andere, was dir vielleicht *gerade erst wieder* eingefallen ist.«

Serena sagte nichts dazu, aber der betroffene Ausdruck auf ihrem Gesicht überzeugte Mike, dass er mit seiner Vermutung ins Schwarze getroffen hatte. Er deutete auf die Früchte. »Die holen wir später«, sagte er. »Komm.«

Trautman hörte sich Serenas Geschichte schweigend und mit einem undeutbaren Gesichtsausdruck an und er sagte auch gar nichts dazu. Die anderen jedoch reagierten sehr heftig und Chris geriet bei Serenas Erzählung geradezu aus dem Häuschen.

»Was sie hätten werden können, wenn der Stern nicht vom Himmel gefallen wäre?«, wiederholte er aufgeregt. »Serena, weißt du eigentlich, was das bedeutet? Dein Vater hatte Recht. Viel mehr, als er wahrscheinlich selbst geahnt hat.«

»Ah ja, unsere wandelnde *Encyclopaedia Britannica*«, sagte Ben spöttisch. »Ich nehme an, du weißt natürlich ganz genau, was diese Drachen sind?«

»Ich glaube schon«, antwortete Chris, ohne auf Bens spöttelnden Tonfall einzugehen. »Ich habe einmal ein Buch darüber gelesen, weißt du? Manche Forscher glauben, dass die Entwicklung der Dinosaurier noch weitergegangen wäre, wenn sie nicht ausgestorben wären. Überleg doch mal – der *Homo sapiens* hat nur eine Million Jahre gebraucht, um sich vom Affen zum Menschen zu entwickeln –«

»Alle nicht«, sagte Ben. »Einige haben es bis heute nicht geschafft.«

»– und sie sind vor fünfundsechzig Millionen Jahren ausgestorben«, fuhr Chris ungerührt fort. »Sie hatten fünfundsechzigmal so lange Zeit wie wir. Sie hätten sich einfach weiterentwickeln *müssen!*«

»Zu diesen ... *Drachen?*«, fragte Juan.

»Quatsch, Drachen«, antwortete Chris. »*Dinosauroiden*. Den Wesen, die wir gestern gesehen haben! Ich glaube, das sind die intelligenten Nachfahren der Dinosaurier. Und ich habe sie als Erster gesehen!«, fügte er stolz hinzu.

»So furchtbar intelligent können sie aber nicht sein«, sagte Ben, »wenn sie sich die Zeit damit vertreiben, Jagd auf harmlose Schiffbrüchige zu machen.«

Trautman machte eine verstohlene, warnende Handbewegung und sah gleichzeitig erschrocken in Annies Richtung. Aber das Mädchen saß noch immer mit leerem Blick in der Astgabel und starrte ins Nichts. Wahrscheinlich hatte es gar nicht gehört, worüber sie redeten. Trotzdem senkte Trautman die Stimme, als er antwortete:

»Es ist nicht gesagt, dass sie schuld an dem sind, was passiert ist. Keiner von uns war dabei, oder? Es ist immerhin möglich, dass Annies Leute auf sie zu schießen begannen und sie sich nur verteidigt haben.«

»Und warum sollten sie das tun?«, fragte Chris.

»Vielleicht aus Angst«, antwortete Trautman. »Leider reagieren die Menschen oft feindselig, wenn sie auf etwas treffen, was sie nicht kennen. Mike hat Recht – wir sollten wirklich versuchen, Kontakt mit ihnen aufzunehmen.«

»Und wenn Serena Recht hat?«, fragte Ben. »Was ist, wenn man wirklich nicht mit ihnen reden kann?«

»Das werden wir herausfinden«, antwortete Trautman. »Ich fürchte, wir haben sowieso keine andere Wahl. Schließlich können wir Annies Familie nicht einfach ihrem Schicksal überlassen. Wir sollten bald aufbrechen.«

»Und wohin?«, fragte Ben.

Trautman machte eine vage Geste. »Ich denke, es ist das Klügste, wenn wir der Herde folgen. Vielleicht gelingt es uns, mit einem der *Hirten* Kontakt aufzunehmen.«

»Bevor sie über uns herfallen, meinen Sie?« Ben deutete auf Chris. »Schon vergessen? *Sie* haben *uns* längst bemerkt. Wahrscheinlich schleichen sie bereits in der Gegend herum und überlegen, wie sie uns am besten eine Falle stellen können.«

Trautman lachte, auch wenn es nicht besonders amüsiert klang. »Dein Misstrauen in Ehren, Ben – aber glaubst du wirklich, dass diese Wesen es nötig haben, uns eine *Falle* zu stellen? Ich schätze, dass ein Einziger von ihnen stark genug ist, es mit uns allen aufzunehmen.« Ben wollte widersprechen, aber Trautman erklärte das Thema mit einer entsprechenden Handbewegung für beendet.

»Los jetzt«, sagte er. »Singh und ich werden versuchen, ein paar Waffen herzustellen. Vielleicht können wir einen Bogen bauen oder wenigstens einen Speer.« Er drehte sich zu Mike herum. »Mike, Chris und Astaroth, ihr könnt gehen und noch ein paar von diesen Früchten holen«, sagte er. »So viele ihr tragen könnt. Wir sind alle hungrig und vielleicht finden wir so schnell keinen solchen Baum mehr. Sobald ihr zurück seid, brechen wir auf.«

Mike und Chris beeilten sich Trautmans Aufforderung zu folgen. Begleitet von Astaroth, kletterten sie rasch wieder den Baum hinab und machten sich auf den Weg. Mike war noch immer verwirrt – ihm ging Astaroths Andeutung nicht aus dem Kopf. Was hatte er damit gemeint: Sie konnten nicht mit ihnen sprechen, aber aus ganz anderen Gründen, als Serena glaubt? Er bedauerte es jetzt, Trautman nichts davon erzählt zu haben, aber er sprach die Frage auch nicht laut aus. Astaroth lief keine zwei Meter neben ihm her und er hatte seine Gedanken *garantiert* gelesen – das tat er praktisch immer, auch wenn er wusste, wie wenig Mike dies mochte. Hätte er Mikes entsprechende Frage beantworten wollen, so hätte er es längst getan.

Stimmt, sagte Astaroth.

»Würdest du mir denn wenigstens verraten, warum nicht?«, maulte Mike. Chris sah ihn irritiert an, dann begriff er, dass Mike wieder mit dem Kater sprach, und schüttelte nur den Kopf.

Hörst du gerne Musik?, fragte Astaroth.

»Musik? Sicher, aber –«

Auch gerne ganz schlechte? Ich meine die Art Musik, die wirklich in den Ohren wehtut? Bei der dir körperlich übel wird?

»Selbstverständlich nicht«, erwiderte Mike. »Aber was hat das mit den Dinoiden zu tun?«

»Dinosauroiden«, verbesserte ihn Chris betont.

So ungefähr ist es, ihre Gedanken zu lesen, antwortete Astaroth. *Ich habe es versucht – was denkst du denn?* Er schüttelte sich. *Brrrr. Nicht noch einmal, danke. Sie denken nicht wie wir. Es ist so, als ob du eine Sprache hörst, die dir wehtut. Das macht dir einen Knoten ins Gehirn, sag ich dir.*

»Und das bedeutet automatisch, dass sie unsere Feinde sind?«, fragte Mike zweifelnd.

Nein, antwortete Astaroth. *Aber dass es sehr, sehr schwer ist, mit ihnen zu reden. Vielleicht ist es gar nicht möglich.*

»Das glaube ich nicht, bevor wir es nicht versucht haben«, sagte Mike.

»Ihr redet über die Dinosauroiden?«, vermutete Chris.

Mike nickte. Er hatte es sich längst abgewöhnt, alles, was er mit Astaroth besprach, umständlich zu übersetzen – das war auf die Dauer einfach zu kompliziert. Und die anderen hatten sich auch schon daran gewöhnt und verlangten es nicht mehr. Aber jetzt machte er eine Ausnahme und wiederholte ihr Gespräch noch einmal für Chris.

»Damit könnte er sogar Recht haben«, sagte Chris.

»Womit? Dass wir automatisch Feinde sind, nur weil wir nicht miteinander reden können?«

Chris seufzte. »Ich fürchte, so einfach ist es nicht«, sagte er. »Wir reden hier nicht einfach über ein anderes Volk, das nur zufällig nicht unsere Sprache spricht und ungewohnt aussieht. Sie sind keine Menschen, Mike. Sie sind nicht einmal *Tiere*, wie wir sie kennen. Sie sind die Nachfahren von Reptilien. Sie sind in einer völlig anderen Welt aufgewachsen wie wir. Sie denken nach anderen Regeln. Sie haben andere Werte und sehen vieles anders als wir. Ihre Körpersprache ist anders, ihre Reaktionen. Was für uns wichtig ist, kann für sie völlig bedeutungslos sein und umgekehrt. Schon der winzigste Fehler kann eine Katastrophe heraufbeschwören. Schon etwas *nicht* zu tun kann falsch sein.« Er seufzte abermals. »Ich hoffe, dass ich mich irre, aber ich fürchte, dass es unvorstellbar schwer sein wird, mit ihnen zu reden.«

Er maß Astaroth mit einem fragenden Blick. Der Kater reagierte darauf nicht sichtbar, doch nach einigen Augenblicken hörte Mike seine lautlose Stimme in seinen Gedanken. *Erstaunlich. Wirklich erstaunlich.*

»Was?«, fragte Mike.

Na ja, er ist der Jüngste von euch, oder? Und trotzdem kommt er mir manchmal wie der Klügste vor. Sollte ich mich vielleicht geirrt haben und ihr werdet schlau geboren und immer dümmer, je älter ihr werdet?

»Was sagte er?«, fragte Chris.

»Dass du ... Recht haben könntest«, antwortete Mike zögernd. Mittlerweile hatten sie den Waldrand erreicht und drangen hintereinander in das wieder dichtere Gebüsch ein. Sie hatten deutliche Spuren auf dem weichen Boden hinterlassen, sodass sich Mike keine Sorgen darüber machte, ob sie den Baum wieder fanden. Außerdem ging Astaroth voraus, dem es wesentlich leichter fiel, sich durch das Unterholz zu quetschen.

Aber plötzlich blieb der Kater stehen, so abrupt, dass Mike

ihm versehentlich auf den Schwanz trat, was ihm normalerweise einen Krallenhieb eingetragen hätte, zumindest aber eine Flut der übelsten Beschimpfungen. Jetzt schien Astaroth es nicht einmal zu bemerken. Er stand wie erstarrt da. Sein Fell war gesträubt und sein Schwanz peitschte den Boden.

»Was ist?«, fragte Mike alarmiert.

Ich ... weiß nicht, antwortete Astaroth. *Da vorne ist etwas. Aber ich kann nicht genau erkennen, was.*

Mike tauschte einen raschen Blick mit Chris, der ebenfalls stehen geblieben war. »Bleib zurück«, flüsterte er, ehe er vorsichtig weiterging.

Natürlich blieb Chris nicht zurück, sondern folgte ihm, als er weiterschlich. Aber er verhielt sich sehr vorsichtig, sodass Mike nichts dazu sagte. Auf Zehenspitzen bewegte er sich weiter, blieb schließlich abermals stehen und bog vorsichtig die Äste des dornigen Busches zur Seite, hinter dem sie die Früchte zurückgelassen hatten. Wie es aussah, hatten sie bereits einen Abnehmer gefunden. Dicht vor Mike stand ein zweibeiniges, braun und sandfarben gestreiftes Geschöpf, das wie eine viel kleinere Ausgabe des Raubsauriers aussah, der Mike gestern um ein Haar getötet hätte. Wie dieser bewegte er sich aufrecht auf zwei muskulösen Hinterbeinen, hatte einen schlanken, sehr langen Schwanz und einen übergroßen Kopf, aber seine Arme waren im Verhältnis zum Körper viel länger, und sie endeten in vierfingrigen, beinahe menschenähnlich aussehenden Händen. Und seine Tischmanieren ließen zu wünschen übrig. Der Saurier schmatzte und rülpste, dass man es eigentlich meilenweit hätte hören müssen.

Mike fand es angebracht, sich zurückzuziehen. Doch dabei stolperte er über einige Äste, und trotz der Geräusche, die der Saurier von sich gab, schien er ihn gehört zu haben und drehte sich herum. Und Mike begriff schlagartig, dass die *Größe* eines Tieres nicht unbedingt etwas über seine *Gefährlichkeit* aussagen musste.

Der Saurier war allerhöchstens anderthalb Meter groß, aber sein Kopf war so massig wie der eines Stieres, und in dem übergroßen Maul wuchs ein wahrer Wald aus zentimeterlangen, nadelspitzen Zähnen, die ganz eindeutig *nicht* nur dazu gedacht waren, Früchte zu zerreißen. Seine Hände büßten auf den zweiten Blick jede Menschenähnlichkeit wieder ein, denn an den schlanken Fingern saßen gut zehn Zentimeter lange, rasiermesserscharfe Krallen, und eine noch größere, gebogenen Klaue wuchs aus den mittleren seiner drei Zehen. Seine Augen waren klein, böse und von einer beunruhigenden Schläue erfüllt.

»Nicht bewegen!«, flüsterte Chris. »Um Gottes willen, Mike, beweg dich nicht! Und wenn, dann nur ganz, ganz langsam.«

Mike hätte sich nicht einmal bewegen können, wenn er gewollt hätte. Er war wie gelähmt. »Was ... was ist das?«, flüsterte er.

»Ein Raptor«, antwortete Chris. »Man nennt sie auch *Schreckensklaue*. Siehst du den großen Zeh?«

Mike unterdrückte im letzten Moment den Impuls, zu nicken. »Sind sie ... gefährlich?«, fragte er. »Ich meine ... so gefährlich wie der Große gestern?«

»Der Allosaurier?« Chris gab einen Laut von sich, der wie ein verunglücktes Lachen klang. »Du machst wohl Witze.«

Mike atmete erleichtert auf und Chris fügte hinzu: »Sie machen Jagd auf die großen Saurier.«

»Oh«, sagte Mike. Er spürte, wie ihm der Schweiß ausbrach. Seine Hände und Knie begannen immer stärker zu zittern. »Und was ... tun wir jetzt?«

»Wir gehen«, antwortete Chris. »Aber ganz vorsichtig. Eine hastige Bewegung, und er greift an. Und achte darauf, wo du hingehst. Sie jagen meistens in Rudeln.«

»Wie beruhigend«, murmelte Mike. Unendlich vorsichtig hob er den Fuß und versuchte einen Schritt rückwärts zu machen, aber so behutsam die Bewegung auch war, sie war schon zu viel. Der Kopf der *Schreckensklaue* ruckte mit einer an einen Vogel erinnernden Bewegung herum. Er stieß einen heiseren, zischenden Laut aus. Seine schrecklichen handähnlichen Vorderklauen öffneten und schlossen sich gierig.

Mike erstarrte wieder. Vielleicht hatte Chris tatsächlich Recht, und der Saurier würde ihn nicht angreifen, solange er sich nicht bewegte – aber er konnte schließlich nicht ewig hier so stehen bleiben. Seine Muskeln begannen schon jetzt zu schmerzen. Noch ein paar Minuten und er würde einen Krampf in den Beinen bekommen.

In diesem Moment schoss ein schwarzes Fellbündel zwischen seinen Füßen hindurch, raste auf den Saurier zu und schlug im buchstäblich allerletzten Moment einen Haken nach links. Der Raptor reagierte mit einer schier unglaublichen Schnelligkeit. Sein gewaltiges Maul schnappte nach Astaroth und verfehlte ihn nur um Haaresbreite und die furchtbaren Krallen gruben tiefe Rinnen in den Boden, nur Millimeter hinter dem Kater.

Mit einer Leichtigkeit, die Mike einem Wesen wie ihm niemals zugetraut hätte, wirbelte er herum und raste hinter Astaroth her. Er bewegte sich mit großen, fast grotesk aussehenden Sprüngen, aber sehr schnell.

»Weg hier!«, schrie Chris. Er wirbelte auf dem Absatz herum und zerrte Mike, der dem flüchtenden Kater nachsah, mit sich. Mike sah gerade noch, wie Astaroth im vollen Lauf einen Baum hinaufrannte, und schickte ein Stoßgebet zum Himmel, dass der Raptor nicht ein ebenso guter Kletterer wie Läufer war, dann schlossen sich die Büsche hinter ihnen.

Aber sie waren nicht allein. Überall rechts und links von ihnen raschelte und knackte es plötzlich im Gebüsch, und plötzlich waren Schatten da, die ihnen folgten. Chris verstand offenbar tatsächlich so viel von Dinosauriern, wie er immer behauptete – der Raptor war nicht allein gekommen. Es musste ein ganzes Rudel sein, das sich unbemerkt von hinten an sie angeschlichen hatte. Hätten sie auch nur noch ein paar Sekunden länger gezögert, wäre es um sie geschehen gewesen.

Mike und Chris brachen durch die dornigen Büsche und rannten wie nie zuvor im Leben, aber ihre Verfolger holten trotzdem auf. Sie waren noch immer nicht sichtbar, aber das Splittern von Ästen und das Trappeln harter, klauenbewehrter Füße auf dem Boden kam rasch näher, und jetzt hörten sie auch die Schreie der Tiere – schrille, heisere Rufe, mit denen sie sich zu verständigen schienen.

Nebeneinander stürmten sie auf den freien Bereich in der Triceratopsspur hinaus. Mike registrierte voller Entsetzen, dass Ben und Juan den Baum mittlerweile schon verlassen hatten und auch Trautman und die anderen auf dem Wege nach unten waren.

»Ben! Juan!« Mike schrie, so laut er konnte, und winkte mit beiden Armen. *»Haut ab! Zurück auf den Baum! Unser Fanclub ist im Anmarsch!«*

Die beiden Jungen, die ruhig dastanden und sich unterhielten, sahen bei seinem Schrei auf und blickten ihnen fragend entgegen. Plötzlich erscholl dicht hinter Mike ein splitterndes Geräusch und der Ausdruck auf den Gesichtern der beiden verwandelte sich schlagartig in pures Entsetzen. Juan und Ben fuhren auf der Stelle herum und rannten mit Riesensätzen wieder zum Baum zurück.

Mike hörte das Hämmern der Füße näher kommen und versuchte noch schneller zu laufen. Im buchstäblich letzten Moment erreichten er und Chris den geschuppten Stamm des Riesenbaumes und die Angst verlieh ihnen schier Flügel: Mike rannte den Baum regelrecht hinauf und auch Chris entwickelte eine Geschicklichkeit, von der er normalerweise nicht einmal zu träumen gewagt hätte. Erst als sie bereits drei oder vier Meter über dem Boden waren, wurde Mike ein wenig langsamer und wagte es auch, nach unten zu blicken.

Es waren sieben oder acht Raptoren, die ihnen aus dem Wald heraus gefolgt waren, und zwei von ihnen krochen tatsächlich ungeschickt, aber sehr zielsicher am Baumstamm hinauf, wobei sie sich mit ihren riesigen Klauen in der schuppigen Rinde festklammerten und mit ihrer Körperkraft wettmachten, was ihnen an Geschicklichkeit fehlen mochte.

Singh griff mit beiden Händen zu und hievte erst ihn, dann

Chris in die Astgabel empor, in die sie sich wieder zurückgezogen hatten, dann beugte er sich abermals nach vorne, hielt sich mit der linken Hand am Baumstamm fest und schwang mit der anderen einen unterarmdicken Ast. Als der erste Raptor in seine Reichweite kam, versetzte er ihm einen Hieb, der einem menschlichen Angreifer glattweg den Schädel zerschmettert hätte.

Der Raptor grunzte, hielt für einen Moment mit dem Klettern inne und sah Singh fast vorwurfsvoll an. Und kletterte weiter.

Singh versetzte ihm einen zweiten, noch heftigeren Schlag. Diesmal schüttelte der Saurier benommen den Kopf. Eine Sekunde später grub er erneut die Krallen in die Baumrinde und setzte seinen Weg fort.

Singh fluchte, richtete sich wieder auf und ergriff seine improvisierte Keule mit beiden Händen. Als der Schädel der *Schreckensklaue* über dem Ast erschien, auf dem sie saßen, schwang er seine Waffe mit beiden Armen und wollte sie dem Ungeheuer ins Gesicht schmettern. Aber der Saurier reagierte wieder mit unglaublicher Schnelligkeit. Seine Kiefer schlossen sich mit einem schnappenden Geräusch und plötzlich hielt Singh nur noch einen zersplitterten Stumpf in den Händen, während der Rest des Knüppels zwischen den mahlenden Zähnen des Raubsauriers verschwand.

Singh verlor, durch die Wucht seines eigenen Hiebes nach vorne gerissen, die Balance, kippte zur Seite und fiel genau auf den Saurier. Und was seine Hiebe nicht zustande gebracht hatten, das schaffte sein Aufprall. Der Raptor stieß ein hässliches Zischen aus, öffnete das Maul und griff mit beiden Vorderläufen nach der Beute, die ihm freundlicherweise direkt in die Arme zu fallen schien. Dass er dazu seinen einzigen Halt loslassen musste, begriff er wohl eine Winzigkeit zu spät ...

Wäre die Situation nicht so todernst gewesen, dann hätte Mike vielleicht laut aufgelacht. Das starre Reptiliengrinsen des Sauriergesichts verwandelte sich in einen Ausdruck von Verblüffung und dann fast komischen Entsetzens – und dann kippte der Raptor mit einem schrillen Quieken nach hinten und stürzte in die Tiefe. Und nicht nur das. Seine haltlos wedelnden Vorderläufe rissen auch noch den zweiten Saurier mit, der sich knapp unter ihm befand.

Doch damit war die Gefahr keineswegs vorüber. Während Trautman und Juan Singh mit vereinten Kräften wieder in die Sicherheit der Astgabel hinaufzogen, beugte sich Mike vor und sah nach unten. Die beiden abgestürzten Raptoren lagen nebeneinander am Boden und rührten sich nicht mehr, aber es gab noch weitere Tiere, die ihren Baum belagerten. Im Moment versuchte keines zu ihnen heraufzuklettern, aber früher oder später, das wusste Mike, würden sie es tun, und einen gleichzeitigen Angriff von mehreren dieser Bestien würden sie kaum abwehren können. Im Grunde hatten sie auch den Ersten nur durch Glück abgeschlagen.

»Das sieht nicht gut aus«, sagte Trautman düster. »Was sind das für Wesen?«

»Raptoren«, antwortete Chris. »Wahrscheinlich sind sie der Herde gefolgt, die wir gestern Abend gesehen haben, aber ich schätze, dass sie auch mit anderer Beute vorlieb nehmen. Sie gehören zur Gattung der Dromaeosaurier – das sind kleine, schnelle Fleischfresser. Sehr gefährlich und sehr schlau. Manche Wissenschaftler glauben, dass es die gefährlichsten überhaupt waren. Sie haben selbst die ganz großen Saurier angegriffen und erlegt und ...«

Chris brach ab, blinzelte ein paar Mal und sah verblüfft in die Runde. Es war sehr still geworden, während er sprach, und die Aufmerksamkeit hatte sich von den Sauriern zu ihm verlagert. Alle blickten ihn böse an.

»Was habt ihr denn?«, fragte er. »Ihr könnt mir ruhig glauben! Sie haben selbst die Allosaurier gejagt und man hat Skelette von Diplodocus gefunden, die –«

»Chris«, sagte Trautman sanft. »Vielleicht ist es besser, wenn du jetzt den Mund hältst.«

Chris sah ein bisschen beleidigt drein, aber er war auch klug genug, Trautmans Rat zu beherzigen und sein restliches Wissen für sich zu behalten.

»Die werden nicht aufgeben«, sagte Ben düster. »Verdammt, wie kommen wir jetzt hier weg?«

Mike blickte eine ganze Weile wortlos zu den Sauriern hinab, die unruhig am Fuß des Baumes entlangschlichen. Einige von ihnen hatten damit begonnen, ihre beiden toten Kameraden aufzufressen, und für ein paar Sekunden klammerte sich Mike an die Hoffnung, dass das reichen könnte, um den Hunger der Raubtiere zu stillen. Aber er ahnte auch selbst, dass das nicht so war. Er hatte den Ausdruck nicht vergessen, den er in den Augen der *Schreckensklaue* gesehen hatte. Diese Tiere jagten und töteten nicht nur aus Hunger.

»Wo ist Astaroth?«, fragte Serena plötzlich.

»Ich weiß es nicht«, antwortete Mike. »Er ist auf einen Baum geflüchtet.«

Serena starrte ihn aus großen Augen an. »Soll das heißen, du hast ihn im Stich gelassen?«

»Nun reg dich nicht auf!«, sagte Ben. »Er ist eine Katze, schon vergessen? Er klettert bestimmt besser und schneller als diese Biester. Außerdem haben sie im Moment eine weitaus bessere Beute. Ich glaube nicht, dass sie sich für einen zähen alten Katzenbraten interessieren.«

»Wir müssten sie irgendwie ablenken«, sagte Trautman. »Aber wie?«

»He!« sagte Ben plötzlich. »Seht doch! *Da!*«

Das letzte Wort hatte er geschrien. Und auch Mike riss ungläubig die Augen auf, als er sah, was plötzlich aus dem Wald heraustrat, nicht einmal weit von der Stelle entfernt, an der die Raptoren erschienen waren.

Es war ein Triceratops. Es war keiner der zehn Meter langen Giganten, die sie am vergangenen Abend gesehen hatten, sondern ein viel kleineres Tier, gerade so groß wie ein Kalb, aber trotzdem schon mit der wuchtigen Panzerung und den riesigen Hörnern, die seiner Gattung eigen waren. Es bewegte sich langsam und irgendwie tollpatschig, aber trotzdem sehr zielsicher auf den Baum und die ihn belagernden Raptoren zu. Und hinter dem gewaltigen Knochenschild, der seinen Schädel schützte, hockte eine einäugige schwarze Katze.

»Astaroth!«, rief Serena laut. »Das ist Astaroth!«

Mike blinzelte ein paar Mal. Der Anblick war so fantastisch, dass er seinen Augen nicht traute. Aber das Bild blieb – aus dem

Wald heraus näherte sich ihnen ein junger Triceratops, der von niemand anders als Astaroth geritten wurde.

»Ist er ... verrückt geworden?«, keuchte Ben. »Was um alles in der Welt soll das? Sie werden ihn auffressen!«

Die Erleichterung, die sich für einen Moment in Mike breit gemacht hatte, schlug in jähes Entsetzen um. Der Anblick des Tieres, das in ganz offenbar freundlicher Absicht herankam, hatte ihn fast vergessen lassen, *welche* Geschöpfe sie belagerten. Natürlich hatte Ben Recht – ihnen allen kam dieses Triceratopsbaby mit seinen gewaltigen Hörnern und den zentimeterdicken Panzerplatten wie ein Riese vor, aber für die *Schreckensklauen* war er wahrscheinlich nicht mehr als ein Appetithappen. Sie würden ihn samt seinem einäugigen Reiter einfach vertilgen und dann zur Tagesordnung übergehen – beziehungsweise der Hauptmahlzeit, die über ihnen auf dem Baum hockte.

Die Raptoren schienen wohl genau in diesem Moment zu dem gleichen Schluss gekommen zu sein, denn sie wandten sich plötzlich wie auf ein unhörbares Kommando hin um und näherten sich dem Saurier: Sie bildeten einen weit auseinander gezogenen Halbkreis, der sich auf Astaroth und sein Reittier zubewegte, vermutlich, um sich hinter ihm zu schließen und ihrer Beute so jeden Fluchtweg abzuschneiden.

»Astaroth!«, schrie Mike aus Leibeskräften. »Lauf weg!« *Reg dich nicht auf,* antwortete Astaroths Stimme in seinen Gedanken. *Mit den paar kleinen Kneifern werden wir schon fertig.*

»Er muss den Verstand verloren haben!«, sagte Serena. »Sie werden ihn töten!«

»Das ist unsere Chance«, sagte Singh. »Schnell jetzt, solange sie abgelenkt sind!«

»Nein!«, antwortete Serena. »Ich gehe nicht weg, ohne Astaroth –«

Singh ergriff sie grob an den Schultern. »Er passt schon auf sich auf«, unterbrach er sie. »Und selbst wenn nicht – willst du, dass sein Opfer umsonst ist?«

Serenas Augen füllten sich mit Tränen. »Ich lasse ihn nicht allein«, sagte sie.

Hört auf, euch zu streiten, sagte Astaroth. *Und bleibt gefälligst, wo ihr seid.*

»Wartet!«, sagte Mike. »Er hat irgendetwas vor.«

Singh sah ihn fast böse an. »Ja, sich auffressen zu lassen«, sagte er.

Doch das hatte Astaroth ganz und gar nicht vor. Mike blickte gebannt und mit klopfendem Herzen nach unten. Der Kreis der Raubsaurier hatte sich um den jungen Triceratops geschlossen und begann sich nun zusammenzuziehen. Das gehörnte Tier war stehen geblieben und scharrte nervös mit den Vorderläufen. Es musste die Nähe der Gefahr spüren. Nur noch Augenblicke und die Raptoren würden gemeinsam über den jungen Saurier und seinen Reiter herfallen.

Plötzlich begann die Erde zu zittern. Ein dumpfes, dröhnendes Stampfen erscholl und im nächsten Augenblick brach eine ungleich größere Ausgabe von Astaroths Reittier durch das Gebüsch, gefolgt von einer zweiten, dritten und vierten – schließlich war es fast ein Dutzend der gigantischen Saurier, die auf die gewaltsam geschaffene Lichtung herausmarschierten.

»Die Alten!«, sagte Chris. »Das müssen die Alten sein, die gekommen sind, um nach dem Kleinen zu suchen!«

Niemand antwortete, aber Mike wusste, dass Chris Recht hatte – was dort auftauchte, das war zweifellos die Mutter des kleinen Sauriers, die zusammen mit einem Teil ihrer Verwandtschaft gekommen war, um nach ihrem Sprössling zu suchen. Und die Tiere erkannten sofort, in welcher Gefahr sich ihr Junges befand. Einer der gepanzerten Riesen stieß einen röhrenden Schrei aus und die ganze Kolonne verfiel unverzüglich in einen rasenden Galopp. Die mächtigen Schädel mit den tödlichen Hörnern senkten sich, um die Raptoren aufzuspießen.

Die kleinen Raubsaurier bewiesen jedoch, dass Mike sich nicht geirrt hatte, was die Einschätzung ihrer Intelligenz anging. Sie begriffen auf der Stelle, dass sie gegen diese Übermacht unmöglich bestehen konnten, und ergriffen die Flucht. Mit grotesk anmutenden, aber sehr schnellen Sprüngen überquerten sie die Lichtung und verschwanden im Unterholz auf der anderen Seite, noch ehe die heranstürmenden Riesen auch nur die Hälfte der Strecke überwunden und das Jungtier erreicht hatten. Die meisten hielten unverzüglich an und versammelten sich zu einem schützenden Kreis um das Saurierjunge, aber zwei, drei besonders kräftige Tiere setzten ihren Weg noch fort und nahmen schließlich auf der gegenüberliegenden Seite der Lichtung Aufstellung. Ihre mächtigen Köpfe bewegten sich unruhig, die Hörner waren drohend gesenkt, bereit, sich gegen alles zu wenden, was aus dem Wald herauskommen mochte.

»Unglaublich!«, flüsterte Trautman. »Seht euch das an! Als ob sie denken könnten! Das ist ein koordiniertes Verhalten! Und wir haben immer gedacht, sie wären nichts als stumpfsinnige Riesen gewesen!«

Klar, kommentierte Astaroth. *Das ist typisch für euch. Ihr glaubt, dass alles, was größer ist als ihr, auch automatisch dümmer sein muss, wie? Alles, was kleiner ist, übrigens auch.*

Die Saurier – allen voran ein besonders großes Exemplar, dessen eines abgebrochene Horn und zahllose Narben und Schrammen auf den Panzerplatten die Vermutung nahe legten, dass es sich um ein besonders altes, kampferprobtes Tier handelte – scharten sich immer enger um das Junge und bildeten so einen lebenden Schutzwall. Aus ihrem drohenden Gebrüll war ein tiefes, beruhigendes Brummen geworden, das seine Wirkung auf das Junge auch nicht verfehlte. Der kleine Saurier hörte auf zu zittern und schon nach kaum einer Minute begann er wieder fröhlich zwischen den Leibern der alten Tiere herumzutollen. Schließlich kehrte auch der Rest der Gruppe vom anderen Ende der Lichtung zurück und nur wenige Minuten nachdem sie gekommen waren, wandte sich die kleine Herde wieder um und trottete davon. Einige Augenblicke später kletterte Astaroth zu ihnen hinauf, setzte sich neben Serena auf den Ast und begann sich nach Katzenmanier zu putzen, als wäre überhaupt nichts geschehen.

»Das war wirklich Rettung in letzter Minute«, sagte Juan erleichtert. Er streckte die Hand aus und streichelte Astaroth flüchtig über den Kopf, zog den Arm aber rasch wieder zurück, als der Kater ihm einen ärgerlichen Blick zuwarf. Astaroth mochte es nicht, wie ein Schmusetier behandelt zu werden.

»Stimmt«, fügte Ben hinzu. »Ich dachte schon, es wäre um

uns geschehen. Du hättest wirklich keine Sekunde später kommen dürfen.«

Wunderbar, maulte Astaroth. *Da rette ich euch den Hals, und statt sich zu bedanken, beschwert er sich auch noch!*

»Was sagt er?«, fragte Ben.

»Dass ... äh ... du Recht hast«, sagte Mike hastig. »Aber es ging nun einmal nicht schneller.«

Astaroth warf ihm einen schrägen Blick zu und selbst Ben schien zu bemerken, dass Mike vielleicht nicht ganz das gesagt hatte, was Astaroth meinte, denn er wirkte ein bisschen verlegen.

»Wie hat er das nur gemacht?«, fragte Trautman. »Es war fast, als ob er mit den Tieren gesprochen hätte!«

»Ich wusste gar nicht, dass er das kann«, fügte Serena hinzu.

Ich auch nicht, sagte Astaroth knurrig. *Und bevor ich gezwungen bin, noch mehr Dinge auszuprobieren, die ich eigentlich gar nicht kann, solltet ihr von hier verschwinden. Die Kneifer sind weg, aber ich würde mich nicht wundern, wenn sie wiederkommen. Die Biester sind nämlich fast so stur wie ihr.*

»Du hast Recht«, sagte Mike. Er wandte sich an die anderen. »Verschwinden wir von hier, ehe sie zurückkommen.«

Sie hatten beschlossen, wenigstens für eine Weile der Spur der Herde zu folgen: zum einen, weil sie auf dem niedergewalzten Bereich weitaus schneller und müheloser vorwärts kommen würden als im dichten Unterholz und auch sicher vor unliebsamen Überraschungen waren, zum anderen, weil sich in der Nähe der Herde wohl am ehesten eine Gelegenheit finden würde, mit einem der Dinosauroiden Kontakt aufzunehmen. Mike war von dieser Idee noch immer wenig begeistert – ebenso wie Ben, Juan und vor allem Serena –, aber er hatte auch keinen besseren Vorschlag, und so beließ er es bei einem zweifelnden Gesichtsausdruck, enthielt sich aber ansonsten jeden Kommentars.

Wie üblich bildete Astaroth wieder die Vorhut. Er hatte Mikes entsprechende Bitte mit einem spöttischen Kommentar beantwortet, lief aber trotzdem ein gutes Stück vor ihnen her und kam nur von Zeit zu Zeit zurück, um ihnen mitzuteilen, dass alles in Ordnung sei – die Herde bewegte sich weiter nach Norden, gefolgt und wohl auch gelenkt von ihren unheimlichen Hirten, und Mike und die anderen folgten ihrerseits ihnen. Sie hielten einen gehörigen Abstand ein – weitaus mehr, als eigentlich nötig gewesen wäre, um nicht gesehen zu werden. Aber keiner von ihnen wollte das Risiko eingehen, unversehens einem der eigentlichen Herren dieser Insel gegenüberzustehen. Nicht, solange sie nicht wussten, was sie *wirklich* von diesen Wesen zu halten hatten.

So marschierten sie bis weit in den Nachmittag hinein, ehe Astaroth zurückkam und Mike darüber unterrichtete, dass die Herde angehalten hatte. Trautman schlug daraufhin vor, dass sie ebenfalls eine Rast einlegten, und da sie alle erschöpft waren, protestierte niemand dagegen. Allerdings verließen sie die niedergetrampelte Saurierspur und suchten sich einen Lagerplatz im Wald, um nicht im letzten Moment doch noch entdeckt zu werden. Wahrscheinlich wäre es weitaus sicherer gewesen, wieder auf einen Baum zu steigen, aber dazu fehlte ihnen allen die Energie.

Mike war so müde, dass er auf der Stelle einschlief, und als er die Augen wieder aufschlug, war die Sonne ein gutes Stück weiter über den Himmel gewandert. Ihr zweiter Tag auf der Insel der Dinosaurier neigte sich bereits dem Ende entgegen.

Er war nicht von selbst erwacht. Bens Hand, die ihn wachgerüttelt hatte, lag noch auf seiner Schulter, und die andere hatte er erhoben und den Zeigefinger an die Lippen gelegt.

»Was –?«, begann Mike, aber Ben winkte sofort ab.

»Still!«, flüsterte er. »Da ist etwas!«

Mike blinzelte. »Was ist denn los?«, murmelte er verschlafen. »Ziehen sie weiter?«

Ben deutete ihm mit beiden Händen, leise zu sein. »Nein«, flüsterte er. »Aber Astaroth ist nicht da. Und irgendwas schleicht durch das Gebüsch.«

Mike richtete sich erschrocken auf. Er lauschte angestrengt, aber alles, was er hörte, waren sein eigener Herzschlag und die natürlichen Geräusche des Waldes. »Etwas?«, flüsterte er. »Was?«

»Keine Ahnung«, antwortete Ben. »Aber es ist besser, wenn wir nachsehen. Komm mit.«

Vorsichtig drangen sie in das Unterholz ein, das ihren Lagerplatz wie eine grüne Mauer umgab. Überall raschelte und knackte es, und ein paar Mal schrak Mike zusammen, als er eine Bewegung oder einen davonhuschenden Schatten gewahrte, aber es waren nur ein paar kleinere Tiere, die vor ihnen flohen, oder der Wind, der mit den Blättern spielte. Er wollte schon aufgeben und zu den anderen zurückgehen, als Ben plötzlich stehen blieb und ihn heftig zu sich winkte.

»Was ist los?«, fragte Mike. »Was hast du gefunden?«

Anstelle einer Antwort deutete Ben wortlos auf den Boden vor sich. Mike eilte an seine Seite – und gab einen überraschten Laut von sich. Ben hatte eine Spur entdeckt. Und obwohl Mike einen solchen Fußabdruck erst einmal im Leben gesehen hatte, erkannte er ihn doch sofort wieder. Zögernd ließ er sich neben Ben in die Hocke sinken und fuhr mit den Fingerspitzen über die Ränder des Fußabdruckes, der in einer weichen Stelle im Waldboden zurückgeblieben war.

»Sie waren hier«, sagte Ben düster. »Verdammt, wahrscheinlich sind sie sogar noch ganz in der Nähe. Es würde mich nicht wundern, wenn sie uns selbst jetzt beobachten.«

Mike antwortete nicht, aber er gab Ben Recht – der Fußabdruck, den er gefunden hatte, sah genau aus wie der, auf den sie gestern gestoßen waren: Der Abdruck eines Fußes, der größer war als der eines Menschen und anders geformt und der eine Art grober Sandale getragen haben musste. Es war die Spur eines Dinosauroiden; vielleicht sogar desselben, der sie schon gestern beobachtet hatte.

Unwillkürlich hob er den Kopf und ließ seinen Blick in die Runde schweifen. Plötzlich war es ihm, als hätten die Büsche Augen. Er fühlte sich angestarrt, belauert und beobachtet und das auf eine so intensive Art, dass sie ihm fast körperliches Unwohlsein bereitete.

»Du hast Recht«, sagte er leise. »Sie waren hier.« Er stand auf. »Wir müssen die anderen warnen.«

»Ja.« Ben nickte, setzte dazu an, sich herumzudrehen, und blieb dann wieder stehen. Ein fragender Ausdruck erschien auf seinem Gesicht und verwandelte sich eine Sekunde später in Überraschung. »He, das ist doch ...« Er machte einen Schritt zur Seite, bückte sich und zog etwas aus dem Gebüsch.

Mikes Augen weiteten sich in maßloser Verblüffung, als er sah, was Ben gefunden hatte. Es war ein Gewehr. »He!«, sagte Ben. »Wenn das keine Überraschung ist! Sieh nur, was unsere geschuppten Freunde uns hier gelassen haben!«

Mike war noch immer völlig perplex. »Du ... du meinst, die Sauriermenschen haben es verloren?«, fragte er zögernd.

»Was denn sonst?«, antwortete Ben. »Glaubst du, sie haben es hier gelassen, um uns eine Freude zu machen?« Er drehte das Gewehr in den Händen, öffnete den Verschluss und zog eine Grimasse. »Nur noch eine einzige Patrone drin«, stellte er fest. Er hob das Gewehr vor das Gesicht, roch an seinem Lauf und sagte: »Es stinkt nach Pulver. Aus dieser Waffe ist geschossen worden. Vor noch nicht allzu langer Zeit.«

»Vielleicht gehört es Annies Leuten«, vermutete Mike. Plötzlich war er sehr aufgeregt. »Das würde bedeuten, dass sie noch in der Nähe sind. Komm – gehen wir zurück. Vielleicht erkennt Annie das Gewehr wieder.« Er unterstrich seine Aufforderung mit einer entsprechenden Handbewegung, drehte sich herum – und blieb wie angewurzelt wieder stehen.

Sie waren nicht mehr allein. Sein Gefühl hatte ihn nicht betrogen. Sie *waren* beobachtet worden. Lautlos und unbemerkt war ein nur vage menschenähnliches Geschöpf hinter ihnen aufgetaucht, und noch während Mike fassungslos in das geschuppte Gesicht starrte, das aus gut zwei Metern Höhe auf ihn herabblickte, trat ein zweiter, etwas größerer Dinosauroide aus dem Unterholz und gesellte sich zu dem ersten.

Mike war wie gelähmt. Der Anblick, den die beiden Wesen boten, war einfach zu fantastisch. Gestern Nacht, in der Dunkelheit und von der sicheren Höhe des Baumes herab beobachtet, hatten die Geschöpfe nur sonderbar gewirkt und ein bisschen erschreckend. Jetzt aber sah er, dass sie trotz aller scheinbarer Menschenähnlichkeit nichts ähnelten, was er jemals gesehen hatte. Ihre Gesichter, die ganz von den übergroßen, kalten Reptilienaugen beherrscht wurden, waren gleichzeitig hässlich wie auch von einer merkwürdigen Schönheit, der Blick der faustgroßen Augen zugleich kalt wie von einer verwirrenden Vielzahl fremdartiger Gefühle und Empfindungen erfüllt. Die winzigen Hornplättchen, die ihre Haut bedeckten, schimmerten wie sorgsam poliertes Metall, und die Münder, die keine sichtbaren Lippen hatten und viel zu groß waren, schienen die Schädel zu spalten wie dünne, sichelförmige Narben. Sie bewegten sich nicht wie Menschen oder die meisten Tiere, die Mike kannte, sondern mit hartem, schnellem Rucken.

Plötzlich wusste er, dass Astaroth Recht hatte: Es war unmöglich, mit diesen Geschöpfen zu reden. Sie waren Kinder einer fremden, vollkommen anderen Schöpfung, Wesen aus einem Universum, das mit dem der Menschen nicht das Geringste zu tun hatte. Er musste wieder an das denken, was Serena gesagt hatte: *Sie hassen uns, weil wir sind, was sie hätten werden können.*

Mike registrierte eine Bewegung aus den Augenwinkeln und

fuhr auf dem Absatz herum, aber da hatte Ben bereits das Gewehr in die Höhe gerissen und legte auf die Dinosauroiden an.

Er führte die Bewegung nicht zu Ende. Der Echsenmann reagierte blitzschnell. Mike sah nur einen rasenden Schatten und das Aufblitzen von regenbogenfarbigen Hornschuppen, und dann taumelte Ben mit einem überraschten Schrei zurück und das Gewehr flog in hohem Bogen davon. In der nächsten Sekunde hatten die gewaltigen Pranken des Echsenmannes Ben ergriffen und rissen ihn mühelos vom Boden hoch und Mike war felsenfest davon überzeugt, im nächsten Augenblick ebenfalls gepackt und womöglich auf der Stelle getötet zu werden.

Doch es kam anders. Das zweite riesige Geschöpf streckte tatsächlich die Arme nach ihm aus, aber plötzlich wurde das Unterholz hinter ihm wie von einer Explosion auseinander gerissen und ein ungeheuerlicher Schatten wuchs über ihnen empor. Ein Brüllen und Fauchen erklang, das den gesamten Wald zu erschüttern schien.

Der Dinosauroide reagierte wieder mit der gleichen fantastischen Schnelligkeit, die Mike gerade beobachtet hatte, doch diesmal war es zu langsam. Er fuhr herum und senkte gleichzeitig die Hand, vielleicht, um eine Waffe zu ziehen, aber da traf ihn ein fruchtbarer Schlag, der ihn von den Füßen riss und meterweit durch die Luft fliegen ließ.

Auch Mike fühlte sich von irgendetwas wie von einem Hammerschlag getroffen und zu Boden geschleudert. Er fiel, rollte hilflos über den Boden und krachte mit solcher Wucht gegen einen Baumstamm, dass er für eine Sekunde nur bunte Sterne sah und keine Luft mehr bekam. Wieder drang dieses ungeheuerliche Brüllen und Kreischen in seine Ohren. Der Boden unter ihm zitterte. Er lag auf etwas Hartem, dessen scharfe Kanten schmerzhaft durch sein Hemd stachen.

Als sich sein Blick klärte und er sich auf Hände und Knie aufrichtete, da hatte der Allosaurier bereits den zweiten Echsenmann angegriffen. Es war dasselbe Tier, das gestern ihn selbst angegriffen hatte. Mike erkannte es ohne Zweifel wieder. Und sein Anblick lähmte ihn ebenso wie gestern. Reglos sah er zu, wie der riesige Raubsaurier auf den Dinosauroiden eindrang. Seine gewaltigen Krallen hatten das Geschöpf gepackt und rissen es ebenso mühelos in die Höhe, wie dieses gerade Ben. Das fürchterliche Maul öffnete sich, um seine Beute zu verschlingen.

»Mike! Das Gewehr!«

Bens Schrei riss Mike endlich aus seiner Erstarrung. Verblüfft senkte er den Blick und stellte fest, dass er genau auf das Gewehr gefallen war, das der Echsenmann Ben aus den Händen geschlagen hatte.

»MIKE!« Bens Stimme war nur noch ein hysterisches Kreischen. Der zweite Echsenmann hatte sich aufgerichtet und näherte sich dem jungen Engländer. Er humpelte, aber er bewegte sich trotzdem noch immer mit unglaublicher Schnelligkeit.

Mike hob das Gewehr, richtete den Lauf auf den Echsenmann und zögerte noch einmal. Eine halbe Sekunde lang saß er wieder vollkommen reglos, wie erstarrt da. Und dann, mit einem Ruck, riss er die Waffe herum, richtete sie auf den Allosaurier und drückte ab.

Der Rückschlag war so gewaltig, dass er ihm die Waffe aus den Händen riss und Mike rücklings zu Boden fallen ließ. Aber noch während er fiel, sah er, wie die Kugel gegen den gepanzerten Schädel des gigantischen Raubsauriers schlug und davon abprallte.

Trotzdem tat der Schuss seine Wirkung. Der Saurier brüllte auf, ließ sein Opfer fallen und bäumte sich zu seiner ganzen Größe von mehr als drei Metern auf. Sein Schwanz peitschte wütend und zerfetzte das Unterholz hinter ihm. Die Krallen hieben in irrsinniger Wut in die Luft. Dann, ebenso plötzlich, wie es damit begonnen hatte, hörte das Ungeheuer auf zu toben. Mit einem wütenden Ruck fuhr er herum und starrte Mike an. Über seinem linken Auge war eine tiefe, blutende Wunde zu erkennen; tief genug, die Bestie vor Schmerz wütend zu machen, aber mehr auch nicht.

Mike warf sich verzweifelt herum, riss das Gewehr an sich und richtete es auf den Saurier. Er drückte ab, ohne zu zielen, rasend schnell und mehrmals hintereinander. Ein helles, metallenes Klicken erscholl, und in Mikes Kopf hallten Bens Worte von vorhin wider: *Nur noch eine Patrone drin.*

Der Saurier machte einen einzigen, gewaltigen Schritt und war über Mike. Seine riesigen Kiefer öffneten sich. Geifer und heißer, nach Fäulnis stinkender Atem schlugen Mike ins Gesicht.

Als das Ungeheuer zupacken wollte, wurde es von einem knisternden blauen Blitz getroffen. Die Bestie brüllte, warf sich zurück und schrie erneut und noch lauter, als ein zweiter Blitz eine tiefe, rauchende Spur in seine Flanke riss. Winzige blaue

Funken tanzten über seinen Körper, sprangen knisternd von seinen Klauen und Zähnen ab und hinterließen ein Muster winziger, rauchender Löcher in seinen Panzerplatten.

Der dritte Blitz, der das Ungeheuer genau zwischen den Augen traf, ließ sein Brüllen verstummen. Die unstillbare Wut und Blutgier in seinen Augen machte einem Ausdruck abgrundtiefen Schmerzes Platz und dann vollkommener, endgültiger Leere. Der Saurier stürzte wie ein gefällter Baum auf die Seite und rührte sich nicht mehr.

Für einen Moment war es Mike, als bliebe die Zeit stehen. Er begriff noch nicht ganz, dass er noch am Leben war, und noch viel weniger, warum. Verständnislos starrte er den Saurier an und dann die beiden Echsenmänner, die in angespannter Haltung vor dem gefallenen Giganten standen. In ihren Händen lagen kleine, sonderbar aussehende Waffen, vor deren Mündungen noch immer blaues elektrisches Feuer glomm.

Es war Bens Stimme, die ihn wieder in die Wirklichkeit zurückriss. »Bravo«, sagte er leise. »Das war unsere einzige Patrone, du verdammter Narr!«

Einer der beiden Echsenmänner drehte sich zu ihm herum. Die Waffe in seiner Hand vollführte die Bewegung mit und deutete nun auf Ben, dann, als er sich weiterbewegte, auf Mike, und für die Dauer eines Atemzuges war er davon überzeugt, dass das gleiche, tödliche Feuer, das den Saurier vernichtet hatte, nun auch ihn treffen würde. Aber dann begegnete er dem Blick des Echsenmannes. In seinen Augen war jetzt etwas Neues, etwas, was vorhin noch nicht darin gewesen war. Mike konnte nicht sagen, was es war, und dennoch glaubte er bei aller Fremdartigkeit plötzlich etwas Vertrautes in den gelben Reptilienaugen des Wesens zu erkennen.

Eine Ewigkeit, wie es ihm schien, stand das Geschöpf da und blickte ihn an und dann, ganz langsam, senkte es seine Waffe, wandte sich ruhig um und verschwand im Unterholz. Und nur einen Moment später folgte ihm auch der zweite Dinosauroide.

Trautman und dem Rest der Gruppe, die kaum zwei Minuten später, angelockt durch den Lärm und die Schreie, vollkommen atemlos bei ihnen anlangten, blieb angesichts des toten Dinosauriers nichts anderes übrig, als die Geschichte zu glauben, die Ben und Mike zu erzählen hatten. Sein Blick irrte immer wieder über den Leib des gestürzten Riesen, als müsse er sich unentwegt selbst davon überzeugen, dass das, was er zu sehen glaubte, auch wahr war.

»Unglaublich«, murmelte Trautman dann. »Das ... das rückt alles, was wir bisher erlebt haben, in ein völlig anderes Licht, ist euch das klar? Sie haben uns die ganze Zeit über beobachtet. Sie wussten von Anfang an, dass wir hier sind. Wir haben geglaubt, wir wären allein, aber vermutlich haben wir keinen Schritt getan, von dem sie nichts wissen.«

»Und warum haben sie uns dann nicht längst überfallen und verschleppt, wie sie es mit Annies Leuten getan haben?«, fragte Ben. Er wies mit einer Kopfbewegung auf das Mädchen. Annie hatte auf den Anblick des Sauriers ganz anders reagiert, als sie erwartet hatten: Er schien sie nicht im Geringsten zu erschrecken. Ganz im Gegenteil – sie hatte sich zu Singh und Juan gestellt, die den Kadaver des toten Kolosses untersuchten.

»Keine Ahnung«, antwortete Trautman. »Allmählich komme ich zu dem Schluss, dass wir überhaupt nichts wissen. Vielleicht ist alles ganz anders, als wir glauben.«

»Und was soll das nun wieder bedeuten?«, murrte Ben. Er hatte wohl nicht mit einer Antwort gerechnet und er bekam auch keine, und so wandte er sich auf der Suche nach einem anderen Opfer für seine miserable Laune an Mike und funkelte ihn an.

»Du bist mir vielleicht ein Held!«, sagte er. »Warum hast du nicht gleich auf mich geschossen? Wenn man Kindern eine Waffe in die Hand gibt – das *muss* ja schief gehen.«

Richtig, sagte Astaroth. *Wie gut, dass er das Gewehr nicht hatte.*

Mike setzte dazu an, Ben etwas Ähnliches zu sagen, aber Trautman kam ihm zuvor. »Sei still, Ben«, sagte er. »Was hätte er tun sollen?«

»Jedenfalls nicht unsere einzige Patrone verschwenden, um auf Großwildjagd zu gehen!«, antwortete Ben erregt. »Sondern –«

»– auf den Dinosauroiden schießen?«, fiel ihm Chris ins Wort. Er tippte sich bezeichnend an die Stirn. »Prima Idee. Dann hätte der Saurier zuerst den anderen Echsenmann und dann euch gefressen.«

Bens Gesicht färbte sich langsam dunkelrot. »Du –«

»Genug!«, unterbrach ihn Trautman nun in scharfem Tonfall. »Chris hat Recht. Mike hat das einzig Richtige getan. Er hat euch beide gerettet und die beiden fremden Wesen ebenfalls. Wahrscheinlich haben sie euch nur deshalb gehen lassen.«

»Aus lauter Dankbarkeit, wie?«, höhnte Ben. »Ich glaube eher, dass sie abgehauen sind, um mit Verstärkung wiederzukommen.«

»Das haben sie wohl kaum nötig«, erwiderte Trautman. Er blickte wieder den reglos daliegenden Saurier an. »Mein Gott, was für eine furchtbare Waffe. Und du sagst, sie haben nur dreimal auf ihn geschossen?«

Mike nickte. »Ja. Und ich glaube, der erste Schuss hat nicht einmal richtig getroffen, sonst wären vielleicht nur zwei Schüsse nötig gewesen. Ich habe so etwas noch nie gesehen. Die Dinger waren winzig – kaum so groß wie eine Pistole.«

»Und trotzdem haben sie diesen Giganten getötet.« Trautman schüttelte sich.

»Nein«, sagte Singh in diesem Moment. »Haben sie nicht.«

Trautman richtete sich kerzengerade auf. »Wie?«

»Er ist nur bewusstlos«, antwortete Singh. »Aber keine Angst. Ich glaube, dass es noch sehr lange dauert, bis er wieder zu sich kommt.«

»Das Ding ... lebt noch?«, krächzte Ben. Er wurde blass, und auch die anderen wichen ein kleines Stück von dem reglos daliegenden Saurier zurück. »Nichts wie weg hier!«

Trautman machte eine beruhigende Geste. »Ja, der Meinung bin ich auch – aber aus anderen Gründen. Und wir sollten jetzt nicht die Nerven verlieren und in Panik geraten.« Er wandte sich an Mike. »In welcher Richtung sind sie verschwunden?«

Mike deutete hinter sich. »Dorthin ... glaube ich.«

»Das ist die Richtung, in der die Herde zieht.« Trautman dachte einen Moment nach. »Das könnte passen. Und dazu das

Gewehr ...« Plötzlich streckte er die Hand aus, nahm Mike die ohnehin nutzlose Waffe ab und ging damit zu Annie. Mike hielt instinktiv den Atem an, als er sich neben dem Mädchen in die Hocke sinken ließ und ihr das Gewehr entgegenstreckte.

»Kennst du das?«, fragte er.

Annie betrachtete das Gewehr eine Sekunde lang stirnrunzelnd. Dann hellte sich ihr Gesicht auf und sie nickte heftig. »Es gehört meinem Vater«, sagte sie.

»Bestimmt?«

»Hier, sehen Sie«, sagte Annie und deutete auf die Initialen J. M., die in den Griff eingraviert waren. *»James Mason*. So heißt mein Dad.« Sie sah zu Mike hinüber. »Hast du ihn damit erschossen?«

Mike fing im letzten Moment Trautmans warnenden Blick auf. Offensichtlich glaubte Annie, dass er den Saurier erlegt hatte. Vielleicht war es besser, sie ließen sie noch für eine Weile in diesem Irrtum. Dass das Mädchen so gar keine Furcht mehr zeigte, war unheimlich genug, aber er wusste, dass das weniger mit Tapferkeit zu tun hatte als vielmehr mit der Fähigkeit kleiner Kinder, einen Schrecken, der zu groß war, um ihn zu ertragen, einfach zu verdrängen.

»Es hat uns geholfen, ja«, antwortete er ausweichend.

»Dann werdet ihr auch meinen Dad und die anderen befreien«, sagte Annie. »Ihr seid stärker als die Drachen.«

»Wir werden es jedenfalls versuchen«, sagte Trautman. Er lächelte aufmunternd. »Kein Angst. Wir finden sie schon.« Er richtete sich wieder auf und machte eine verstohlene Geste zu Serena. Die Atlanterin trat neben Annie, legte ihr den Arm um die Schultern und führte sie ein kleines Stück zur Seite; gerade weit genug, damit sie nicht mehr hören konnte, was sie redeten. Trotzdem senkte Trautman die Stimme, als er fortfuhr. »Das Gewehr gehört ihrem Vater. Das bedeutet, dass er wahrscheinlich noch ganz in der Nähe ist, ebenso wie die anderen.«

»Und?«, fragte Ben misstrauisch.

»Also haben wir eine Chance, sie zu finden«, antwortete Trautman. Ben wurde noch blasser, als er sowieso schon war. »Ich schlage vor, dass wir zum Fluss hinuntergehen und dort warten, bis es dunkel geworden ist«, schlug Trautman vor.

»Und dann?«, fragte Ben nervös.

»Die Herde kann nicht so weit vor uns sein«, sagte Trautman. »Mit ein bisschen Glück und entsprechender Vorsicht können wir uns ihnen vielleicht nähern, ohne dass sie uns bemerken. Astaroth könnte vorausgehen und versuchen Annies Familie aufzuspüren. Glaubst du, dass du das schaffst?«

Die Frage war an den Kater gerichtet, der Mike auch prompt antwortete: *Ob ich glaube, dass ich es schaffe? Will der mich beleidigen? Ohne mich wärt ihr doch alle vollkommen aufgeschmissen gewesen! Ich schleiche mich quer durch ihr Lager und wieder zurück und klaue ihnen die Kronjuwelen, wenn es sein muss, ohne dass sie es auch nur merken! Ob ich es schaffe! Das ist ja wohl eine Unverschämtheit. Eigentlich sollte ich nein sagen, damit ihr endlich einmal seht, wie weit ihr ohne mich kommt!*

Trautman sah Mike fragend an. »Was meint er?«

»Ja«, antwortete Mike.

»Dann machen wir es so«, bestimmte Trautman. »Wir haben

noch eine gute Stunde, ehe es dunkel wird. Zeit genug, um den Fluss zu erreichen. Das Gelände ist dort zwar schwieriger, aber der Boden besteht aus Fels, so dass wir keine Spuren hinterlassen werden.«

»He, nicht so schnell!«, protestierte Ben. »Vielleicht sollten wir ja zur Abwechslung einmal darüber abstimmen, was wir tun. Ich halte es nämlich nicht für eine gute Idee, diesen Ungeheuern auch noch nachzuschleichen. Wir sollten lieber machen, dass wir wegkommen!« Trautman seufzte tief. Er schüttelte den Kopf, aber bevor er antworten konnte, stieß der bewusstlose Saurier ein leises Grollen aus. Einer der Hinterläufe zuckte.

Ben wurde blass. Er sagte nichts mehr, aber er hatte plötzlich auch nichts mehr dagegen, diesen Platz zu verlassen, so schnell es nur ging.

Die Sonne war längst untergegangen, aber es wurde trotzdem nicht richtig dunkel. Sie hatten die vergangene Nacht im Wald verbracht, unter dessen dichtem Blätterdach es ohnehin niemals wirklich hell wurde, aber hier am Ufer des breiten Flusses schien es dafür niemals richtig dunkel zu werden. Der Himmel war nicht schwarz, wie Mike und die anderen es gewöhnt waren, sondern von einem tiefen Indigoblau, und die Sterne strahlten viel heller als normal; sie wirkten wie kleine Scheinwerfer, die dafür sorgten, dass man so weit und klar sehen konnte wie in einer wolkenlosen Vollmondnacht.

Nur dass es am Himmel überhaupt keinen Mond gab.

Mike saß schon eine ganze Weile hier am Flussufer und zerbrach sich den Kopf darüber, ob nun tatsächlich Neumond oder ob auch dies ein weiteres Rätsel dieser geheimnisvollen Welt war, die sie betreten hatten und die sich noch viel, viel mehr von der ihnen bekannten unterschied, als er vermutlich auch jetzt noch ahnte. Außerdem beobachtete er einen Schatten, der über ihnen kreiste. Gegen das dunkle Blau des Himmelsgewölbes hob er sich nur undeutlich ab, trotzdem aber klar genug, um ihn wieder zu erkennen. Es war das riesige Geschöpf, das er am ersten Morgen gesehen hatte, noch vom Deck der NAUTILUS aus. Es ähnelte tatsächlich ganz vage einer Fledermaus, aber wäre es näher gekommen, hätte dieser Vergleich nicht lange standgehalten. Von Chris wusste er, dass es ein Flugsaurier mit dem schier unaussprechlichen Namen *Quetzalcoatlus* war, ein riesiges, fast zehn Meter messendes Tier, das aber trotzdem nur Jagd auf Beute machte, die wesentlich kleiner als ein Mensch war.

Das Geräusch leichter Schritte drang in seine Gedanken und ließ ihn aufsehen. Irgendwie hatte er gespürt, dass es Serena war, noch ehe er sie erkannte. Er lächelte, rückte ein Stück zur Seite und sie setzte sich auf den runden Felsen am Flussufer, auf dem er Platz genommen hatte. Serena sagte nichts. Eine ganze Weile saßen sie in einem sonderbar wohltuenden, vertrauten Schweigen nebeneinander da und blickten auf den Fluss hinaus, dessen Wasser in der Nacht wie geschmolzenes Silber aussah. Manchmal bewegten sich große, dunkle Umrisse darin, aber sie erschreckten Mike jetzt nicht mehr. Eine sonderbare Veränderung war mit ihm vorgegangen, seit sie am Nachmittag auf die beiden Dinosauroiden getroffen waren. Während des ersten Tages hier hatte er praktisch ununterbrochen Angst gehabt.

Jetzt aber spürte er sie kaum noch. Es war, als begänne diese Welt, so fremdartig und bizarr sie auch sein mochte, unmerklich ihren Schrecken zu verlieren.

Serena lehnte sich leicht gegen seine Schulter. »Ich frage mich, was wir noch alles entdecken werden«, sagte sie. »Das alles hier ist so ... so fantastisch.«

»Das sagst ausgerechnet du?« Mike lachte leise. »Ich glaube, deine Heimat wäre uns genauso fantastisch vorgekommen wie diese Insel hier.«

»Vielleicht«, antwortete Serena. »Trotzdem ist es anders. Atlantis und eure Welt, das ist irgendwie dasselbe. Aber das hier ist ...« Sie suchte nach den richtigen Worten und fand sie nicht. »Meine Eltern haben es mir als Märchen erzählt, weißt du? Und plötzlich bin ich mittendrin. Es ist ein komisches Gefühl, wenn Legenden wahr werden.«

So wie die von Atlantis, dachte Mike. Laut sagte er: »Und? Hast du immer noch Angst davor?«

»Die habe ich nie gehabt«, behauptete Serena – ohne die mindeste Spur von Überzeugung.

»Doch, die hattest du«, sagte Mike. »Ich habe den anderen nichts davon verraten. Aber du hattest panische Angst vor dem, was uns hier erwartet. Verrätst du mir jetzt, warum? Ich meine, den Rest der Geschichte, den du bisher für dich behalten hast?«

Er wäre nicht überrascht gewesen, hätte Serena weiter geleugnet, aber sie schwieg nur einige Zeit. Dann beugte sie sich vor, hob eine Hand voll kleiner Steinchen auf und begann sie in den Fluss zu werfen, jedes ein kleines Stückchen weiter als das vorhergehende. »Es heißt, dass auf dieser Insel die Wahrheit regiert«, sagte sie. »Jeder begegnet sich selbst.«

Mike sah sie fragend an. »Die Wahrheit? Was soll das heißen?«

Serena zuckte mit den Schultern. »Das weiß ich nicht. Ich erzähle nur, was die Legende sagt. Nur wenige von denen, die sie betreten haben, haben sie jemals wieder verlassen.«

»Aber die Könige von Atlantis schon.«

»Sie mussten es«, sagte Serena.

Mike sah auf und rückte zugleich ein kleines Stück von Serena fort, um ihr besser ins Gesicht sehen zu können. »Wie meinst du das?«

»Es war ... Bedingung«, antwortete Serena. »Wer den Thron von Atlantis besteigen wollte, musste vorher hierher kommen. Und nur, wer den Weg zurück fand, war würdig, über Atlantis zu herrschen.«

Es dauerte lange, bis Mike begriff, was Serenas Worte bedeuteten. »Bist du deshalb hierher gekommen?« fragte er.

Serena schwieg. Sie sah ihn nicht an, sondern fuhr fort Steine ins Wasser zu werfen.

»Genau so ist es, nicht wahr?«, fuhr Mike nach einer Weile fort. Er hätte zornig werden müssen, aber irgendwie gelang es ihm nicht. »Du hast sofort gewusst, um welche Insel es sich handelt. Gleich als du die Küste gesehen hast. Deshalb musstest du hierher.« Serena tat ihm plötzlich unendlich Leid. Zögernd hob er die Hand und berührte ihre Wange.

»Atlantis existiert nicht mehr, Serena«, sagte er sanft. »Es ist untergegangen, schon vor sehr, sehr langer Zeit.«

Serena schob seine Hand beiseite. »Für dich vielleicht«, sagte sie. »Und für deine Freunde. Für mich nicht. Für mich ist es ... erst gestern gewesen. Ich wollte das nicht, Mike.«

»Was?«, fragte Mike. »Überleben?«

»Nicht so«, antwortete Serena ernst. »Sie haben mir nicht gesagt, was mich erwartet. Ich wusste nicht, dass ich ... so lange schlafen würde. Und ich wusste nicht, dass alles, was ich gekannt habe, nicht mehr da sein würde, wenn ich aufwache.«

»Nicht alles«, sagte Mike. »Astaroth ist noch da. Und die NAUTILUS.«

»Astaroth!« Serena drehte mit einem Ruck den Kopf weg, aber sie tat es nicht schnell genug, um Mike nicht sehen zu lassen, dass sie gegen die Tränen ankämpfen musste. »Er ist nur ein Tier. Ein kluges Tier und vielleicht der beste Freund, den ich je hatte. Ich liebe ihn, aber ... ich war eine Prinzessin, Mike. Ich hätte eine ganze Welt geerbt und es gab so viele Menschen, die ich liebte und die mich liebten. Und alles, was mir geblieben ist, ist ein einäugiger Kater und ein Schiff.«

»Und das haben wir dir weggenommen«, sagte Mike traurig.

»Darum geht es nicht«, sagte Serena leise. »Ihr könnt es haben. Ich kann ohnehin nichts damit anfangen. Es sei denn, es könnte mich nach Hause bringen.«

»Und wenn es das kann?«, fragte Mike.

Serena sah ihn fragend an und Mike fuhr plötzlich aufgeregt fort: »Es hat uns hierher gebracht, Serena, an einen Ort jenseits der Wirklichkeit. Wer weiß, was es noch alles vermag. Vielleicht kann es sogar den Rückweg in deine Heimat finden.«

»Nein«, antwortete Serena traurig. »Glaub mir, das kann es nicht. Die NAUTILUS ist ein fantastisches Schiff. Das beste, das wir je gebaut haben. Ich habe keinen Witz gemacht – es hätte wirklich eines Tages mir gehört, so wie es meinem Vater gehört hat, als er noch Herrscher über Atlantis war. Unsere Technik war der euren weiter überlegen, als du dir auch nur vorstellen kannst. Aber die Zeit besiegen, Mike, das konnte sie nicht. Hätte sie es gekonnt, wäre ich jetzt nicht hier. Und ihr auch nicht«, fügte sie nach einer unmerklichen Pause hinzu.

Aber so rasch war Mike nicht umzustimmen. Der Gedanke, einmal formuliert, begann sich selbstständig zu machen und ließ ihn nicht mehr los. »Vielleicht existiert Atlantis ja doch noch irgendwo«, sagte er. »Dieses Land hier liegt jenseits der Zeit. Das hier ist die Welt, wie sie *hätte werden können*, wären die Saurier nicht ausgestorben. Vielleicht gibt es noch mehr solcher Orte. Vielleicht gibt es auch noch – einen Ort, an dem Atlantis nicht untergegangen ist. Und vielleicht können wir ihn finden.«

»Ja, und vielleicht fliegen die Menschen eines Tages zum Mond oder bauen Maschinen, die das Denken für sie übernehmen«, sagte Serena spöttisch. »Lass es gut sein, Mike. Ich weiß, dass du mich trösten willst, und ich bin dir dankbar dafür. Aber Atlantis ist untergegangen. Keine Macht der Welt kann es wieder auferstehen lassen.«

Mike widersprach nicht mehr, obwohl Serena ihn keineswegs überzeugt hatte. Irgendwann einmal, dachte er, würden sie es einfach versuchen. Sie hatten die Geheimnisse der NAUTILUS noch lange nicht vollständig ergründet. Nicht einmal Trautman hatte das, obwohl er fast sein ganzes Leben auf dem Schiff verbracht hatte. Vielleicht würde sie dieses Schiff tatsächlich eines Tages dorthin zurückbringen, wo es hergekommen war.

Aber jetzt war nicht der Moment, darüber zu reden. Und ganz tief in sich war Mike nicht davon überzeugt, dass er das wirklich wollte. Denn Atlantis wieder zu finden hieße gleichzeitig Serena zu verlieren.

»Hat dein Vater dir auch erzählt, wie man wieder von hier wegkommt?«, fragte er, um das Thema zu wechseln. Serena schüttelte traurig den Kopf. »Es gibt keinen bestimmten Weg zurück«, sagte sie. »Die Insel bestimmt, wen sie gehen lässt und wen nicht.«

Was soll das nun wieder bedeuten?, dachte Mike. Aber bevor er dazu kam, die Frage laut auszusprechen, hörte er abermals Schritte und Trautman kam zu ihnen. Ein väterliches Lächeln zeigte sich auf Trautmans Zügen, als er Serena und ihn Arm in Arm so dasitzen sah.

»Entschuldigt«, sagte er. »Ich wollte euch nicht stören.«

»Das haben Sie nicht«, sagte Mike. Er rückte hastig ein kleines Stück von Serena weg und wäre dabei fast von seinem steinernen Sitz gerutscht. Erst im letzten Moment und ziemlich ungeschickt fand er sein Gleichgewicht wieder. Trautman war diplomatisch genug, so zu tun, als hätte er nichts davon bemerkt.

»Astaroth ist zurück«, sagte er. »Es wird Zeit.«

Serena und Mike sprangen gleichzeitig auf die Füße. »Zeit? Wofür?«

»Was hat er entdeckt?«, fügte Serena hinzu.

»Das Lager der Dinosauroiden«, antwortete Trautman. »Es ist nicht sehr weit entfernt. Drei, vier Meilen allerhöchstens. Wir könnten es in einer Stunde erreichen. Seht ihr den großen Baum dort?« Er wies auf einen verschwommenen Schatten, der sich bucklig über die schwarze Silhouette des Waldes erhob. »Es liegt gleich dahinter. Die Gefangenen sind dort.«

»Annies Vater und die anderen?«, fragte Mike.

»Das konnte er nicht herausfinden«, erwiderte Trautman. »Aber es sind Menschen – also liegt die Vermutung nahe. Ich glaube nicht, dass es hier von Schiffbrüchigen nur so wimmelt. Leider«, fügte er nach einer fast unmerklichen Pause, aber in deutlich besorgterem Tonfall hinzu, »hat er noch etwas herausgefunden.«

»Und was?«

»Sie sind in der Nähe der Herde, wie wir vermutet haben«, antwortete Trautman. »Aber es sind sehr viele. Dutzende, wenn nicht gar Hunderte, das konnte er nicht genau sagen. Und es sieht so aus, als ob sie die Gefangenen fortbringen wollen – noch in dieser Nacht.«

»Dann haben wir nicht mehr viel Zeit«, sagte Serena entschlossen.

Die Herde lag unter ihnen wie ein schwarzer, lebender Teppich. In der Nacht waren die einzelnen Tiere nicht mehr zu unterscheiden, sodass Mike nur ein gewaltiges Wogen und Gleiten wahrnahm, das die Ebene vom Flussufer auf der einen bis zum Horizont auf der anderen Seite bedeckte und aus dem ein beständiges Rumoren und Dröhnen zu ihnen herauftönte.

Manchmal, wenn der Wind sich drehte, wurden diese Geräusche lauter und er trug den Geruch der Herde zu ihnen empor, der sehr durchdringend und sehr fremdartig, aber nicht unangenehm war. Die meisten Tiere schienen zu schlafen, aber hier und da bewegte sich doch ein kolossaler Schatten, schimmerte eine Hornplatte im Sternenlicht.

Mike saß jetzt seit einer halben Stunde auf dem Ast und blickte auf die Triceratopsherde hinab und er hätte es noch stundenlang weiter tun können; der Anblick war bizarr, aber zugleich auch faszinierend. Es war *eine* Sache, von Chris zu hören, dass diese Geschöpfe, von denen jedes einzelne doppelt so groß wie ein ausgewachsener Elefantenbulle war und an die zehn Tonnen wiegen musste, in Herden von Tausenden über das Land zogen, aber eine ganz andere, es mit eigenen Augen zu sehen.

Zur Rechten, direkt vor und unter ihnen wogte die ungeheuerliche Masse der Herde, während zur Linken der Fluss wie ein silbernes Band durch die Nacht schnitt. Ein halbes Dutzend Lagerfeuer brannte am Ufer und manchmal rissen die zuckenden Lichtreflexe der Flammen einen buckligen Schatten aus der Schwärze; eines der sonderbar geformten Zelte, in denen die Hirten schliefen, die nicht an den Feuern saßen und sich mit ihren schnatternden Stimmen unterhielten oder auf Wache um das Lager patrouillierten. In einem dieser Zelte, so hatte Astaroth berichtet, befanden sich Annies Vater und seine drei Begleiter. Sie waren nicht einmal bewacht. Aber das war auch nicht nötig. Das Zelt befand sich im Herzen des Lagers, und selbst wenn sie es irgendwie hätten verlassen können, ohne von den Dinosauroiden bemerkt zu werden, wären sie nicht sehr weit gekommen. Die Triceratopsherde bildete eine sicherere Barriere, als es jede Mauer oder jeder Zaun gekonnt hätte. Und es gab absolut keinen Weg dorthin.

Das ist wieder einmal typisch für euch, sagte eine spöttische Stimme in Mikes Gedanken. *Was euch nicht auf Anhieb einfällt, das geht eben nicht, wie? Fantasie ist hier gefragt, Improvisationstalent – und vielleicht ein bisschen Einsatz.*

»Astaroth?« Mike fuhr aus seinen Grübeleien hoch und sah sich aufmerksam um. »Bist du das?«

Wer denn sonst?, maulte der Kater. *Weißt du sonst noch jemanden, der ständig für euch die Drecksarbeit macht und sich dafür auch noch verhöhnen lässt? Nebenbei – könntest du mir vielleicht ein wenig zur Pfote gehen?*

Mike sah sich noch aufmerksamer um, konnte den Kater aber immer noch nirgends entdecken. Erst als er ein klägliches Miauen unter sich hörte und den Blick senkte, sah er ihn. Astaroth klammerte sich einen halben Meter unter ihm an den Baumstamm und hatte offensichtlich alle Mühe, sich festzuhalten. Der Stamm war an dieser Stelle fast spiegelglatt und Mike hatte vorhin selbst bemerkt, dass sein Holz beinahe so hart wie Metall war. Offensichtlich hatte Astaroth seine bergsteigerischen Fähigkeiten ein wenig überschätzt, als er hier hatte hinaufsteigen wollen statt auf der Rückseite des Stammes, wo Mike und die anderen heraufgekommen waren.

Mike griff rasch nach unten, hob den Kater zu sich herauf und grinste spöttisch. »Probleme?«, fragte er.

Astaroth würdigte ihn nicht einmal einer Antwort. Hoch

erhobenen Hauptes ging er an ihm vorüber und steuerte auf die anderen zu und Mike folgte ihm. Trautman runzelte fragend die Stirn, als er Mikes immer noch anhaltendes Grinsen bemerkte, ging aber nicht weiter darauf ein.

»Astaroth!«, sagte er erfreut. »Du bist zurück. Hast du einen Weg gefunden?«

Ja, antwortete Astaroth. *Es müsste gehen. Aber es ist nicht leicht – wenigstens nicht für euch.*

Mike übersetzte seine jeweiligen Antworten – wobei er sich auf das Wesentliche beschränkte, was ihm den einen oder anderen ärgerlichen Blick des Katers und ein flüchtiges Lächeln Trautmans eintrug.

»Was heißt nicht leicht? Die Wachen?«

Nein, antwortete Astaroth. *Sie passen auf, aber sie sind wie ihr – sie haben keine Fantasie.*

»Und was soll das heißen?«, erkundigte sich Trautman misstrauisch.

Es gibt einen Weg, sagte Astaroth. *Sie passen auf wie die Schießhunde, aber an einer Stelle gibt es keine Wachen. Direkt am Fluss.*

Trautman ächzte. »Wie bitte?«

Sie bewachen das Ufer nicht, bestätigte Astaroth. *Ich habe mich genau umgesehen. Das Wasser ist dort nicht besonders tief – wenigstens nicht für euch. Die Strömung könnte ein Problem sein, aber mit ein bisschen Glück könnt ihr es schaffen. Es gibt eine Stelle, an der das Wasser fast bis an das Zelt heranreicht, in dem Annies Leute untergebracht sind. Wenn ihr durch den Fluss geht, kommt ihr ungesehen hin.*

»Das ist doch nicht dein Ernst!«, protestierte Ben. »Das Wasser ist eisig und ein einziger Fehltritt und es ist aus.«

Dann musst du eben zur Abwechslung einmal aufpassen, wohin du deine ungeschickten Füße setzt, antwortete Astaroth patzig. Das übersetzte Mike wörtlich.

Ben wollte auffahren, aber Trautman brachte ihn mit einer energischen Geste zum Schweigen. »Astaroth hat Recht, fürchte ich. Wir haben wahrscheinlich keine andere Wahl. Aber es wäre zu gefährlich, wenn wir alle gingen – und außerdem völlig sinnlos.« Er überlegte einen Moment. »Singh und ich werden gehen«, sagte er dann. »Ihr anderen wartet hier. Sobald wir mit den Gefangenen zurück sind, muss alles ganz schnell gehen. Sobald sie merken, dass ihre Gefangenen entflohen sind, werden sie wie die Teufel hinter uns her sein.«

»Ich komme auch mit«, sagte Mike.

»Ganz bestimmt nicht«, erwiderte Trautman. »Du bleibst schön hier bei –«

»Aber ich muss mitkommen«, unterbrach ihn Mike. Er deutete auf den Kater. »Ich bin der Einzige, der mit Astaroth sprechen kann. Und *ihn* braucht ihr.«

Trautman bedachte ihn mit einem ärgerlichen Blick, aber er musste sich geschlagen geben. Mike hatte Recht – ohne den Kater hatten sie nicht die geringste Chance, das richtige Zelt zu finden. Und ohne Mike konnten sie sich nicht mit Astaroth verständigen. »Also gut«, sagte er seufzend. »Und um endlosen Diskussionen vorzubeugen – die anderen bleiben hier, ganz gleich, welche Gründe euch auch einfallen mögen, mitkommen zu müssen.« Er stand auf. »Ben, du bleibst hier oben und behältst das Lager und die Umgebung im Auge. Die anderen warten unten auf uns. Wir werden nicht viel Zeit haben, wenn wir zurückkommen.«

Ben hatte keineswegs übertrieben – das Wasser war zwar nicht eisig, aber nach der Hitze des Tages und der lauen Nachtluft kam es Mike zumindest so vor, und die Strömung war selbst hier am Ufer so stark, dass er mit aller Macht um sein Gleichgewicht kämpfen musste und nur äußerst behutsam einen Fuß vor den anderen setzte. Der Flussgrund war mit knöcheltiefem Schlamm bedeckt, aber dazwischen gab es immer wieder runde, glatt geschliffene Steine, auf denen man leicht ausgleiten konnte – und ein einziger Fehltritt oder gar ein Sturz bedeuteten hier wirklich das Ende.

Mikes Herz schlug so schwer, dass er es bis in die Fingerspitzen fühlen konnte. Er zitterte vor Kälte am ganzen Leib und der Weg schien kein Ende zu nehmen. Manchmal berührte ihn etwas unter Wasser, kleine, glitschige Körper, die rasch wieder davonhuschten und vermutlich viel mehr Angst vor ihm hatten als umgekehrt er vor ihnen und ganz bestimmt vollkommen harmlos waren, aber seine Fantasie machte natürlich die grässlichsten Monster daraus.

Sie hatten das Lager der Dinosauriermenschen erreicht. Zur Rechten, unmittelbar über dem Ufer, erhob sich eine Barriere aus undurchdringlich ineinander gewachsenen Büschen und Wurzeln, aber darüber konnte Mike die buckligen Schatten der halbrunden Zelte erkennen, die die Echsenmänner aufgestellt hatten, und den roten Widerschein ihrer Feuer. Durch das seidige

Geräusch des fließenden Wassers drangen die Stimmen der Geschuppten: ein unheimliches, zischelndes Wispern und Keuchen, in dem er keine Regelmäßigkeit, keine Melodie erkennen konnte. Die Stimmen dieser Wesen waren so wie sie selbst: rätselhaft, erschreckend und unvorstellbar fremd.

Es ist jetzt nicht mehr weit, sagte Astaroth. *Dort vorne, die Lücke im Gebüsch – siehst du sie?*

Mike hielt als Erstes nach dem Kater Ausschau, konnte ihn aber nicht entdecken. Astaroth war ihnen nicht ins Wasser gefolgt, sondern schlich geduckt und als unsichtbarer Schatten durch die Büsche am Ufer. Nach einer Weile gewahrte er aber die Bresche in der bisher schier undurchdringlichen, lebenden Mauer, die das Lager vom Fluss trennte, und nickte.

Da ist ein kleiner Seitenarm, fuhr Astaroth fort. *Nicht sehr tief, aber breit. An seinem Ende liegen zwei Zelte. Sie sind im rechten.*

Mike blieb für einen Moment stehen, wartete, bis Singh und Trautman zu ihm aufgeholt hatten, und teilte ihnen im Flüsterton mit, was er von Astaroth erfahren hatte. Die beiden nickten und Singh übernahm kommentarlos die Führung.

Nun befanden sie sich mitten im Lager der Dinosauroiden. Einige der unheimlichen Geschöpfe, die in der Nacht, die ihre Gestalten zu flachen Schatten mit ruckhaften Bewegungen reduzierte, noch fremdartiger und bizarrer wirkten, waren so nahe, dass Mike meinte, nur den Arm ausstrecken zu müssen um sie zu berühren. Er verstand nicht, warum sie nicht längst gesehen worden waren: Selbst in der Nacht mussten sich ihre Gestalten deutlich unter dem glasklaren Wasser abzeichnen und außerdem schlug sein Herz so laut, dass man es eigentlich meilenweit hätte hören müssen. Mike wäre nicht überrascht gewesen, wären die Echsenmänner im nächsten Moment alle gemeinsam aufgesprungen und über sie hergefallen, er war fast davon überzeugt, dass es unweigerlich geschehen musste.

Stattdessen erreichten sie unbehelligt das Ende des Flussarmes und Trautman deutete mit einer Geste auf das rechte der beiden halbrunden Zelte, die sich kaum zwei Meter vom Wasser entfernt erhoben. Gleichzeitig warf er Mike einen fragenden Blick zu, den dieser mit einem Nicken beantwortete. Er betete, dass Astaroth sich nicht geirrt hatte. Wenn sie in das falsche Zelt eindrangen und sich unversehens einem Dinosauroiden gegenübersahen, würden sie keine zweite Chance bekommen.

Wie Indianer, die sich an einen Feind anschlichen, robbten sie aus dem Wasser und näherten sich der Rückseite des Zeltes. Mike lauschte einen Moment mit angehaltenem Atem, ehe er es wagte, die Hände nach der Zeltplane auszustrecken, um sie etwas anzuheben. Nichts. Er hörte nicht den mindesten Laut und drinnen war es dunkler als hier draußen. Vermutlich schliefen die Gefangenen ebenso wie die meisten ihrer Bewacher. Mike schob den letzten Rest seiner Furcht beiseite, hob die Zeltplane – sie war so schwer, dass er einen Moment lang befürchtete, es nicht zu schaffen – weiter an und glitt beinahe lautlos darunter hindurch.

Absolute Dunkelheit empfing ihn. Mike robbte noch ein Stück weiter, bis er gegen ein Hindernis stieß, dann hielt er inne und lauschte. Er konnte hören, wie Trautman und Singh hinter ihm hereingekrochen kamen und sich die Zeltplane mit einem schweren *Flapp* wieder senkte und dann die gleichmäßigen Atemzüge von drei oder vier Menschen. Aber waren es tatsächlich nur drei oder vier? Und waren es wirklich nur *menschliche* Atemzüge, die er hörte?

Bevor seine überreizte Fantasie endgültig die Oberhand gewinnen konnte, berührte ihn eine Hand an der Schulter und Trautmans Stimme flüsterte unmittelbar neben seinem Ohr: »Der Eingang. Geh hin und halt die Augen offen!«

Das war zwar ein durchaus umsichtiger Gedanke, aber leider auch viel leichter gesagt als getan. Mike hatte mittlerweile vollends die Orientierung verloren. Er gehorchte Trautman und kroch auf gut Glück los – mit dem Ergebnis, dass er irgendwo anstieß und Lärm verursachte.

Und die Reaktion blieb nicht aus. Die bisher gleichmäßigen Atemzüge eines der Schläfer veränderten sich plötzlich. Ein Räuspern und Schnauben erklang und dann konnte Mike hören, wie sich jemand umständlich aufsetzte. »Was ist denn los?«, murmelte eine verschlafene und leicht verärgert klingende Stimme. »Matthew, bist du –?«

»Keinen Laut!«, sagte Trautman erschrocken. »Um Gottes willen, seien Sie still!«

Die Stimme verstummte tatsächlich und für ungefähr eine Sekunde wurde es absolut still. Dann raschelte etwas und plötzlich durchschnitt ein weißer, sehr heller Lichtstrahl die Dunkelheit und richtete sich direkt auf Trautmans Gesicht. Trautman zog eine Grimasse und hob hastig die Hand vor die Augen.

»Machen Sie das Licht aus!«, sagte er erschrocken. »Wollen Sie, dass sie uns erwischen?«

Das Licht erlosch keineswegs, aber der Lichtstrahl ließ zumindest Trautmans Gesicht los, huschte einmal durch den Raum und richtete sich dann gegen die Decke. Mike sah jetzt, warum es ihm so schwer gefallen war, die Zeltplane anzuheben. Sie bestand nämlich keineswegs aus Stoff, sondern aus einem sonderbar grob anmutenden Leder – das zweifellos nichts anderes als Dinosaurierhaut war und somit viel dicker und schwerer als das Leder, das Mike kannte.

Nachdem der Bärtige die Lampe gehoben hatte, wurde es schlagartig viel heller im Zelt. Mike blickte automatisch nach oben und erkannte, dass unter dem Zeltdach ein gebogener Spiegel aus kupferfarbenem Metall befestigt war, der das Licht der kleinen Lampe zurückwarf und zugleich im ganzen Raum verteilte: eine Anordnung, die mit einem Minimum an Aufwand für ein Maximum an Ergebnis sorgte.

Im Licht dieser erstaunlichen Lampe erkannte er vier niedrige, mit Stroh gedeckte Liegen, auf denen sich nun nacheinander drei Männer und eine sehr junge Frau aufrichteten. Sie wirkten ziemlich verschlafen und bis auf den bärtigen Mann, der die Lampe hielt, schienen sie im allerersten Moment gar nicht zu begreifen, was sie sahen. Selbst dieser starrte Trautman nur mit offenem Mund an.

»Mister Mason?«, fragte Trautman hastig.

Zwei der Männer nickten und Trautman wandte sich der Einfachheit halber an den, der die Lampe hielt. »Bitte stellen Sie jetzt keine überflüssigen Fragen. Wir haben nicht viel Zeit. Wir sind hier, um Sie herauszuholen.«

Der Bärtige nickte und stellte natürlich doch sofort eine Frage: »Wer ... wer sind Sie?«

»Freunde Ihrer Tochter«, antwortete Trautman.

»Annie?« Mason richtete sich mit einem Ruck vollständig auf. »Was ist mit ihr? Ist sie gesund?«

Trautman deutet ihm hastig, leiser zu sein. »Ihrer Tochter geht es gut«, antwortete er. »Wir bringen Sie zu ihr – wenn Sie ein bisschen vorsichtiger sind, heißt das. Nicht so laut. Und bitte machen Sie das Licht aus!« Er wandte sich wieder an Mike. »Zum Ausgang, schnell.«

Mike tat endlich, was Trautman ihm sagte, und kroch auf Händen und Knien zur anderen Seite des Zeltes. Der Ausgang war mit einer schweren Zeltplane verschlossen und es bereitete ihm einige Mühe, sie so weit aufzuschieben, dass er hindurchspähen konnte. Aber er achtete streng darauf, dass kein verräterischer Lichtstrahl nach draußen fiel. Sekundenlang blickte er gebannt in die dunkelblaue Nacht hinaus, die das Zelt umgab, dann machte er eine beruhigende Geste in Trautmans Richtung.

»Wo ist sie?«, fuhr Mason, der natürlich gar nicht daran dachte, die Lampe zu löschen, aufgeregt fort. »Was ist mit meiner Tochter? Wo haben Sie sie gefunden?«

»Sie ist ganz in der Nähe«, antwortete Trautman. »Wir bringen Sie zu ihr. Wenn wir hier herauskommen, heißt das. Was ist mit Ihnen? Sind Sie unverletzt? Können Sie laufen?«

»Uns ist nichts passiert«, antwortete Mason. »Sie haben uns nichts getan, bisher wenigstens. Aber wo kommen Sie her? Wer –«

Mike hörte nicht weiter zu, denn in diesem Moment erklang wieder Astaroths lautlose Stimme in seinen Gedanken. *Ihr solltet euch lieber ein bisschen beeilen,* sagte der Kater. *Es könnte sein, dass ihr gleich Besuch bekommt.*

Mike fuhr bei diesen Worten so heftig zusammen, dass Trautman mitten im Wort verstummte und ihn aufmerksam ansah. »Was ist?«, fragte er. »Hast du etwas entdeckt?«

Mike blickte noch eine Sekunde konzentriert nach draußen, aber vor dem Zelt rührte sich immer noch nichts. Hastig ließ er die Zeltplane wieder zurückfallen, ging zur anderen Seite und spähte unter dem Rand der Plane hindurch. Das Wasser, durch das sie gekommen waren, lag scheinbar zum Greifen nahe vor ihm. Der Fluss glitzerte silbern im Sternenlicht und zu beiden Seiten erhoben sich die schwarzen Umrisse der Dornenbüsche, die ihn flankierten, wie eine bizarre Burgmauer. Und dahinter ...

Es mussten vier oder fünf der Echsenmänner sein, die durch das Wasser auf sie zugewatet kamen. Sie bewegten sich nicht sehr schnell, aber sehr zielstrebig. Und sie waren nicht allein. Mike musste zweimal hinsehen, um die Geschöpfe zu erkennen, die sie begleiteten.

Die Dinosauroiden hielten lange, geflochtene Leinen in den Händen, an denen sie etwas wie eine verkleinerte Ausgabe der Raptoren führten, die Mike und die anderen am vergangenen Abend angegriffen hatten. Die Tiere waren allerhöchstens so groß wie ein Rebhuhn und sahen mit den viel zu groß geratenen Händen und Füßen beinahe tollpatschig aus – aber was sie taten, das war eindeutig: Sie hatten die Köpfe gesenkt und schnüffelten emsig, und auch wenn es Mike fast unglaublich vorkam – sie schienen ihre Spuren selbst im Wasser deutlich verfolgen zu können.

»Hunde!«, keuchte er erschrocken. »Sie haben Hunde!«

»Hier gibt es keine Hunde«, antwortete Mason automatisch.

»Aber etwas, was den gleichen Zweck erfüllt«, antwortete Mike. Er fuhr herum und sprang mit einem Ruck auf die Füße. »Sie haben unsere Spur gefunden! Dort kommen wir jedenfalls nicht mehr raus.«

Trautman wandte sich mit erstaunlicher Ruhe an Mason. »Gibt es einen anderen Weg aus dem Lager? Überlegen Sie! Sie sind seit zwei Tagen hier!«

»Wir sind keinen Schritt aus dem Zelt gekommen«, antwortete Mason. »Aber es gibt keinen anderen Weg, glauben Sie mir.«

Doch, den gibt es, sagte Astaroth. *Schnell! Ich glaube, sie wissen jetzt, wo ihr seid. Beeilt euch!*

»Astaroth hat einen Weg gefunden!«, sagte Mike. »Schnell jetzt! Raus hier!«

»Und wohin?«, fragte Trautman.

Mike hatte schon dazu angesetzt, loszustürmen, blieb jetzt aber abrupt wieder stehen. Trautman hatte Recht. Astaroth war irgendwo draußen, aber er hatte nicht die geringste Ahnung, wo. Wenn sie blindwütig losstürmten, würden sie nur den Dinosauroiden und ihren Hunden in die Arme laufen.

»Wer ist dieser Astaroth?«, wollte Mason wissen.

Wie auf ein Stichwort hin raschelte es in diesem Augenblick an der Zeltplane vor dem Ausgang, und Astaroth steckte sein einäugiges Katzengesicht zu ihnen herein. *Wie lange soll ich eigentlich noch auf euch warten?,* erkundigte er sich. *Oder wollt ihr vielleicht hier bleiben und eine Runde Karten mit den Fischgesichtern spielen?*

»Das ist Astaroth«, sagte Trautman mit einer Geste auf den Kater.

Mason ächzte. »Eine *Katze*?«, keuchte er. »Sie wollen, dass wir uns der Führung einer Katze anvertrauen? Das ist nicht Ihr Ernst!«

»Er ist ein Kater, keine Katze«, sagte Mike hastig. »Außerdem sieht er nur *aus* wie ein normaler Kater, keine Sorge. Er weiß genau, was er tut.«

»Aber du anscheinend nicht, Junge«, sagte einer der beiden anderen Männer kopfschüttelnd. »Ich werde ganz bestimmt nicht –«

»Sie können ja hier bleiben«, unterbrach ihn Trautman grob. »Wir verschwinden jetzt jedenfalls. Astaroth – los.«

Selbst Mike war über Trautmans barschen Ton ein wenig erstaunt, denn das war normalerweise gar nicht seine Art. Aber normalerweise befanden sie sich auch nicht inmitten einer Armee von zwei Meter großen Dinosauriern und von Echsenwesen, die nahe daran waren, sie zu entdecken und gefangen zu nehmen. Ohne weiter auf die Proteste des Mannes zu achten, verließen sie das Zelt und kauerten sich in der schützenden Dunkelheit vor dem Eingang zusammen.

Mike sah sich mit klopfendem Herzen um. Nur wenige Meter neben ihnen glomm die rote Glut eines vor noch nicht langer Zeit erloschenen Feuers in der Nacht, und er glaubte vage, ein paar lang gestreckte Umrisse davor wahrzunehmen. Aber wenn es Dinosauroiden waren, so schliefen sie tief und fest. Wie es schien, hatten sie zumindest im Augenblick das Glück gepachtet.

Leider *schien* es nur so.

Hinter ihm verließen Trautman, Singh und die anderen das Zelt. Als Letzter folgte Annies Vater, auch er vollkommen lautlos und auf Händen und Füßen kriechend – genauer gesagt, auf *einer* Hand und den Knien.

In der anderen hielt er nämlich noch immer die Lampe. Und sie war noch immer eingeschaltet.

Mike hatte das Gefühl, von einer eisigen Hand im Nacken berührt zu werden. Der Lichtkegel der Lampe, in der Dunkelheit gleißend und grell wie einer der großen Scheinwerfer der NAUTILUS, strich über Trautman und Singh, blendete für einen Moment Mike und riss kurz Astaroths schlichtweg entsetztes Katzengesicht aus der Dunkelheit, ehe Mason endlich begriff, was er tat, und die Lampe hastig ausschaltete.

Natürlich war es zu spät. Einige der Schatten, die Mike bemerkt hatte, begannen sich träge zu regen und nur eine halbe Sekunde später hörte er nun wirklich das, worauf er mit klopfendem Herzen die ganze Zeit gewartet hatte: einen schrillen, zischelnden Schrei, dessen Bedeutung ihm trotz all seiner Fremdartigkeit sofort klar war.

»Los!«, brüllte Trautman. *»Lauft!«*

Mike sprang mit einem Ruck auf die Füße und stürmte hinter Astaroth her, der vor ihnen im Zickzack durch das Lager schoss und ihnen den Weg wies. Die anderen folgten ihm dichtauf. Mike verschwendete keine Zeit damit, zu ihnen zurückzusehen, aber er hörte sehr wohl, dass es nicht nur *ihre* Schritte waren, die die bisherige Stille des Lagers durchbrachen.

Von der Sicherheit ihres Baumes aus beobachtet, hatte das Lager schon groß ausgesehen. Jetzt schien es kein Ende zu nehmen. Astaroth schoss nach rechts, links, sprang einmal sogar mit einem gewaltigen Satz über ein erst halb erloschenes Feuer und die Zelte flogen nur so an ihnen vorüber, aber so schnell sie auch rannten, schienen sie trotzdem kaum von der Stelle zu kommen. Immer mehr und mehr Schatten erfüllten die Nacht und bald hallte das Flussufer von den zischelnden Schreien der Echsenwesen wider. Der Lärm ihrer Flucht musste das gesamte Lager geweckt haben. Der einzige Grund, aus dem sie wahrscheinlich nicht schon in den ersten Sekunden eingeholt und überwältigt wurden, war wohl, dass sie auch für komplette Verwirrung sorgten. Aber früher oder später, das wusste Mike, würde ihre Flucht zu Ende sein.

Und als wäre das alles noch nicht genug, bemerkte Mike in diesem Moment etwas, was seine Sorge noch vertiefte. Astaroth bewegte sich nicht auf den Rand des Lagers zu, sondern im Gegenteil immer weiter vom Wald weg. Wohin um alles in der Welt brachte sie der Kater? Mike war plötzlich gar nicht mehr so sicher, dass Astaroth wirklich wusste, was er tat.

Als er es schließlich begriff, war es zu spät. Mit einem Male waren keine Zelte mehr rings um sie herum. Das Lager der Dinosauroiden lag hinter ihnen – aber sie befanden sich nicht im Wald. Nicht einmal wirklich im Freien ...

Mike verspürte erneut einen eiskalten, lähmenden Schrecken,

als ihm endgültig klar wurde, *welchen* Weg aus dem Lager heraus Astaroth gefunden hatte.

Der Kater hatte sie *direkt in die Triceratops-Herde geführt!*

Nicht alle Tiere schliefen. Die meisten waren wach und bewegten sich unruhig. Gewaltige, stachelgepanzerte Köpfe drehten sich in ihre Richtung, misstrauische Blicke folgten ihnen und Mike vernahm ein immer lauter werdendes Brummen und Rumoren, als erwache die ganze Herde gleich einem einzigen, gewaltigen Tier aus dem Schlaf. Und irgendetwas sagte ihm, dass sie nicht besonders erfreut auf die nächtliche Störung reagieren würden.

»Um Gottes willen!«, keuchte Mason. Natürlich hatte auch er bemerkt, wo sie sich befanden, und Mike konnte trotz der Dunkelheit sehen, dass er leichenblass geworden war. »Was –?«

»Weiter!«, unterbrach ihn Trautman. »Wir müssen weiter! Schnell!«

Aber Mason rührte sich nicht; ebenso wenig wie seine drei Begleiter. »Das ist doch Wahnsinn!«, keuchte er. »Sie werden uns tottrampeln!«

»Das werden sie nicht!«, antwortete Trautman. »Aber wenn wir noch lange hier herumstehen, dann kriegen sie uns.« Er wies zurück auf das Lager, das sich mittlerweile in heller Aufregung befand. Dutzende, wenn nicht Hunderte der Echsenmänner bewegten sich in ihre Richtung und die Nacht hallte wider von ihren zischelnden Stimmen. Aber Mike fiel auch auf, dass sich die Dinoiden längst nicht so schnell bewegten, wie sie es gekonnt hätten. Entweder, dachte er, konnten sie in der Nacht nicht besonders gut sehen ... oder sie hatten Angst, ihnen in die Herde hinein zu folgen.

Er verscheuchte den Gedanken. »Uns geschieht nichts«, sagte er. »Astaroth weiß, was er tut. Keine Angst.«

Er wartete ein Sekunde lang darauf, dass Astaroths Stimme in seinen Gedanken diese Behauptung bestätigte, aber der Kater schwieg. Auch das trug nicht unbedingt dazu bei, Mikes Sorge zu mildern. Trotzdem wandte er sich mit einem Ruck um und ging voran, und tatsächlich folgten ihm die anderen, wenn auch zögernd.

Tiefer und tiefer drangen sie in die gewaltige Herde ein. Sie trafen jetzt kaum mehr auf schlafende Tiere. Die allermeisten der geschuppten Giganten, denen sie begegneten, waren wach und verfolgten sie mit misstrauischen Blicken und zwei- oder dreimal wurde auch zornig ein gepanzerter Schädel in ihre Richtung geschüttelt. Mike konnte die Verärgerung der Tiere regelrecht spüren. Sie reagierten aggressiv auf die Störung.

Sie dulden normalerweise keine Fremden in ihrer Mitte, sagte Astaroth unvermittelt. Er hatte wieder einmal Mikes Gedanken gelesen, aber diesmal war Mike fast froh darüber.

»Aber die Dinosauroiden –«

Betreten die Herde niemals, sagte Astaroth. *Sie lenken und beschützen sie, aber sie gehen niemals hinein. Keine Angst,* fügte er hastig hinzu, als er spürte, wie Mike erschrak. *Ich glaube, ich kann sie beruhigen.*

»Du kannst mit ihnen sprechen?«, entfuhr es Mike überrascht.

Nein, antwortete der Kater. *Aber irgendwie ... spüre ich, was sie fühlen. Und umgekehrt. Es ist kompliziert. Sie fühlen eure Angst.*

Mike verstand nicht wirklich, was der Kater damit meinte, aber er hatte das Gefühl, dass der letzte Satz ungemein wichtig war. Doch er kam nicht dazu, Astaroth eine entsprechende Frage zu stellen, denn in diesem Moment trat Annies Vater neben ihn und legte ihm die Hand auf die Schulter.

»Sag mal – kannst du etwa wirklich mit diesem Kater *sprechen?*«, fragte er ungläubig. Er hatte wohl gehört, was Mike gesagt hatte.

»Ich sagte doch, er sieht nur aus wie ein Kater«, antwortete Mike. »Sprechen ist vielleicht nicht das richtige Wort – aber wir können uns miteinander verständigen, das ist richtig, ja.«

»Na, dann will ich hoffen, dass dein Freund weiß, was er tut.«

»Keine Sorge«, versicherte Mike hastig. »Er bringt uns hier heraus. Bestimmt.«

Sie hatten sich mittlerweile so weit vom Fluss entfernt, dass sie nicht einmal mehr den Feuerschein des Lagers sehen konnten – allerdings auch sonst nichts. Rings um sie herum waren Tausende, vielleicht Zehntausende von gewaltigen, schwarzen Schatten. Mehr als einmal mussten sie sich unter den riesigen Schädeln hindurchducken, und zwei- oder dreimal war Mike sogar gezwungen, auf Händen und Knien unter dem Leib eines Triceratops hindurchzukriechen, weil es sonst einfach kein Durchkommen mehr gegeben hätte. Er starb innerlich tausend Tode – aber das Unglaubliche geschah: Obwohl eine flüchtige Bewegung der Giganten ausgereicht hätte, sie zu zerquetschen, und obwohl er von Astaroth wusste, dass die Tiere ziemlich verärgert über ihr Eindringen waren, taten sie ihnen nichts zuleide.

Und trotzdem wäre es beinahe zur Katastrophe gekommen.

Sie hatten einen winzigen, freien Platz innerhalb der Herde erreicht und blieben einen Moment stehen um sich zu orientieren, und es war Mason, der um ein Haar ihrer aller Ende herbeigeführt hätte. Er war unmittelbar neben Mike stehen geblieben, sah sich eine Sekunde suchend um und schaltete schließlich seine Lampe ein. Der grelle Lichtstrahl huschte über den Boden, riss schimmernde Reflexe aus den Schuppenpanzern eines Tieres und blieb schließlich an seinem Gesicht hängen. Der Triceratops knurrte wütend, warf den Kopf in den Nacken und stieß dann ein markerschütterndes Brüllen aus. Er blinzelte. Tränen liefen aus seinen Augen.

Mason senkte erstaunt die Lampe, hob sie in der nächsten Sekunde wieder und richtete sie auf ein zweites Tier und das Ergebnis war noch dramatischer. Der gehörnte Gigant prallte zurück, als hätte er einen Schlag bekommen, und riss dabei eines der anderen Tiere fast von den Füßen. Auch seine Augen füllten sich schlagartig mit Tränen.

»Das Licht!«, rief Trautman. »Mason, schalten Sie das Licht aus! Es macht sie rasend!«

Mason reagierte sofort. Hastig senkte er die Lampe und schaltete sie in der nächsten Sekunde vollends aus. Trotzdem beruhigten sich die Tiere nur langsam. Sie versuchten vor ihnen zurückzuweichen, aber es waren so viele, dass sie sich dabei gegenseitig behinderten. Das unruhige Grollen und Rumoren nahm zu, und Mike konnte regelrecht spüren, wie die Aggressivität der Tiere zunahm. Er hätte es nun nicht mehr gewagt, sich so dicht an ihnen vorbeizudrängen, wie sie es bisher getan hatten.

Aber das war auch nicht nötig. Vielleicht aus Furcht vor Masons Lampe, vielleicht, um die ungebetenen Gäste möglichst schnell loszuwerden, begannen die stacheligen Riesen weiter und weiter vor ihnen zur Seite zu weichen, bis sie schließlich eine enge, aber deutlich sichtbare Gasse bildeten: eine Bewegung, die in ihrer Bedeutung zu eindeutig war, um noch Zufall sein zu können.

»Unglaublich!«, flüsterte Mason. »Als ... als ob sie denken könnten!«

»Vielleicht können sie das«, antwortete Trautman ernst. »Auf jeden Fall sollten wir der Einladung folgen und machen, dass wir hier wegkommen. Und lassen Sie um Himmels willen Ihre Lampe aus, Mann! Das Licht scheint ihnen Schmerzen zu bereiten.«

Zögernd setzten sie sich in Bewegung. Es war ein unheimliches, fast Furcht einflößendes Gefühl, zwischen diesen tonnenschweren Giganten entlangzugehen. Die Reihen der Triceratops teilten sich vor ihnen, um ihnen Platz zu machen, aber Mike spürte auch, dass sich die lebende Mauer hinter ihnen sofort wieder schloss, und zwar auf eine endgültige Weise. Wohin immer sie dieser Weg auch führen mochte, es gab kein Zurück.

Nach einer Ewigkeit, wie es Mike vorkam, nahm die Anzahl der Tiere allmählich wieder ab und endlich erreichten sie den Rand der Herde.

Und damit war das Ende ihrer Flucht gekommen.

Nicht nur Mike begriff schlagartig, *warum* die Dinosauroiden sie nicht quer durch die Herde verfolgt hatten. Es war gar nicht nötig gewesen. Sie warteten nämlich hier auf sie.

Mike konnte ein enttäuschtes Stöhnen nicht unterdrücken, als er die gut zwanzig, wenn nicht dreißig Dinosauroiden gewahrte, die in einer langen Reihe am Rande der Herde Aufstellung genommen hatten. Einige von ihnen führten die kleinen »Hunde«-Saurier mit sich, die schon unten am Fluss ihre Spur aufgenommen hatten, und Mike sah auch, dass nicht wenige der Echsenwesen mit den kleinen, sonderbar geformten Pistolen bewaffnet waren, die die blauen Blitze verschossen. Sie standen völlig reglos da und starrten sie an und Mike war auch sicher, dass sie schon eine ganze Weile so dastanden und auf sie warteten. *Wahrscheinlich,* dachte er, *haben sie die ganze Zeit auf uns gewartet und sich halb totgelacht.*

Was das Warten angeht, hast du Recht, sagte Astaroth. *Aber glaub mir, sie finden euch überhaupt nicht komisch.*

»Das ist das Ende!«, sagte Mason. »Verdammt, wenn ich nur eine Waffe hätte!«

»Wozu?«, fragte Trautman. »Um alles noch schlimmer zu machen?«

»Ich werde jedenfalls nicht kampflos aufgeben!«, sagte Mason. »Noch einmal kriegen sie mich nicht.«

Mike spürte, was er vorhatte, eine halbe Sekunde ehe Annies Vater die Hand hob, aber seine Reaktion kam zu spät. Mason schaltete die Lampe ein und richtete den grellweißen Lichtstrahl direkt auf das Gesicht eines Triceratops, der halb zwischen ihnen und den wartenden Dinosauroiden stand.

Das Ergebnis übertraf seine schlimmsten Erwartungen. Diesmal hatte Mason die Lampe nicht beiläufig auf das Tier gerichtet, sondern regelrecht auf seine empfindlichen Augen *gezielt* und das plötzliche Licht musste es halb wahnsinnig machen. Es brüllte, bäumte sich wie ein durchgehendes Pferd auf und fuhr dann herum, um vor dem grausamen Licht zu fliehen, das ihm solche Schmerzen bereitete. Und es floh in die einzige Richtung, die ihm blieb – direkt auf die Dinosauroiden zu!

Mason schrie triumphierend auf, richtete seine Lampe auf einen zweiten Triceratops und blendete auch ihn. Das Tier reagierte wie sein Vorgänger, und noch bevor es ganz herumgefahren und losgestürmt war, schwenkte Mason seine Lampe weiter und richtete sie auf ein drittes, viertes und fünftes Tier und er hätte vermutlich noch weitergemacht, hätte Mike nicht endlich seinen Schrecken überwunden und ihm kurzerhand die Lampe aus der Hand geschlagen.

Aber das Ergebnis war auch so fürchterlich genug. Nicht nur die Dreihörner, die Mason geblendet hatte, sondern auch noch mindestens zehn, zwölf weitere Tiere waren in Panik geraten und stürmten, einer lebenden, unaufhaltsamen Lawine aus Knochen, Fleisch und Panzerplatten gleich, auf die Dinosauroiden zu. Und sie mochten plump aussehen, aber sie erreichten eine erschreckende Geschwindigkeit. Die Echsenmänner spritzten in panischer Hast auseinander.

»Bist du wahnsinnig geworden?«, herrschte ihn Mason an. »Was fällt dir ein?« Er wollte sich nach der Lampe bücken, aber Mike war schneller. Hastig hob er sie auf und warf sie Singh zu, der sie geschickt auffing und unter seinem Gürtel verschwinden ließ.

Mason machte einen Schritt in seine Richtung, blieb aber sofort wieder stehen, als er Singhs Blick begegnete.

»Was soll das?«, fragte er. »Wir können –«

»Ein paar von ihnen umbringen?«, fiel ihm Trautman ins Wort. Sein Gesicht hatte sich vor Zorn verdüstert. »Langsam kommen mir Zweifel, ob wir Sie wirklich hätten befreien sollen«, sagte er. »Was ist in Sie gefahren, Mann? Wollten Sie eine Panik in der Herde auslösen?«

»Warum nicht?«, fragte Mason trotzig. »Auf diese Weise hätten sie jedenfalls Besseres zu tun, als uns zu jagen.«

In Trautmans Augen blitzte es zornig auf. »Also gut«, sagte er mit mühsam beherrschter Stimme. »Wir reden später darüber. Der Schaden ist einmal angerichtet; sehen wir, dass wir das Beste daraus machen.«

Und es wurde auch wirklich Zeit, dass sie wegkamen. Die Dinosauroiden waren zwar verschwunden, aber die Tiere in ihrer Nähe wurden immer unruhiger. Der Boden zitterte unter dem wütenden Stampfen und Trampeln der Kolosse, und das Knurren der Tiere klang nun eindeutig drohend. So schnell sie konnten, verließen sie die Herde endgültig und wandten sich nach Süden.

Natürlich hatten die anderen nicht am Fuße des großen Baumes auf sie gewartet, sondern kamen ihnen entgegen, lange ehe sie den Waldrand überhaupt erreichten; allen voran Serena, auf deren Gesicht sich bei Mikes Anblick ein Ausdruck von solcher Erleichterung breit machte, dass er für einen Moment fast die Gefahr vergaß, in der sie noch immer schwebten. Sie rannte auf ihn zu und breitete im Laufen die Arme aus, wie um ihm um den Hals zu fallen, aber im allerletzten Moment besann sie sich dann doch eines anderen und blieb abrupt stehen. Für eine Sekunde sah sie beinahe verlegen drein, aber da außer Mike niemand etwas davon bemerkt zu haben schien, fing sie sich sofort wieder.

»Wie ist es gelaufen?«, fragte Ben. »Wo wart ihre so lange, und –«

»*Annie!*« Mason schrie so laut auf, dass man es weithin hören musste, und war mit ein paar gewaltigen Sätzen bei seiner Tochter und schloss sie in die Arme. »Annie, du lebst! Und du bist gesund!« Er drückte sie so heftig an sich, dass das Mädchen für einen Moment keine Luft mehr bekam, wirbelte sie ein paar Mal im Kreis herum und setzte sie schließlich lachend zu Boden. »Gott im Himmel sei Dank, du lebst!«

»Wo wart ihr so lange?«, fragte Ben noch einmal und jetzt direkt an Mike gewandt. »Was hatte dieser Lärm zu bedeuten? Wir haben schon gedacht, sie hätten euch erwischt.«

»Das hätten sie auch fast«, antwortete Trautman an Mikes Stelle. Er warf Mason einen bösen Blick zu. Die Schiffbrüchigen waren allesamt damit beschäftigt, abwechselnd Annie zu umarmen und sich immer wieder aufs Neue davon zu überzeugen, dass das Mädchen tatsächlich unverletzt und wohlauf war. Die noch immer bedrohliche Lage, in der sie sich nach wie vor befanden, schienen sie vollkommen vergessen zu haben.

»Was ist passiert?«, fragte nun auch Serena.

»Später.« Trautman schüttelte den Kopf und ging mit ein paar raschen Schritten zu Annies Familie hinüber. Er räusperte sich ein paar Mal, musste Mason aber schließlich am Arm ergreifen, um seine Aufmerksamkeit auf sich zu ziehen.

»Ich verstehe, dass Sie sich freuen, Ihre Tochter wieder zu sehen«, sagte er »Aber wir haben jetzt wirklich keine Zeit dafür. Wir müssen hier verschwinden.«

Mason löste sich mit sichtlicher Überwindung von Annie und richtet sich auf. »Sie haben Recht«, sagte er. »Und wohin?«

»Keine Ahnung«, gestand Trautman. »Aber hier können wir nicht bleiben. Sie werden ganz bestimmt bald hier auftauchen.«

»Das Beste wird sein, wenn wir uns in den Wald zurückziehen«, sagte Mason. »Es ist nicht ungefährlich, aber dort können wir uns zumindest verstecken. Wir sind ihnen auf diese Weise immerhin ein paar Tage lang entkommen.« Er zögerte einen Moment, dann fuhr er in verlegenem Tonfall fort: »Ich habe mich noch gar nicht bei Ihnen bedankt. Gestatten Sie, dass ich das nachhole. Ohne Sie wären wir diesen Ungeheuern niemals entkommen. Weiß der Himmel, was sie uns noch angetan hätten.«

»Was *haben* sie Ihnen denn angetan?«, fragte Serena.

Mason sah die Atlanterin verwirrt, aber auch ein bisschen feindselig an, während Mike Serena in Gedanken beipflichtete.

»Was ist das für eine Frage?«, sagte Mason entrüstet. »Sie haben uns verschleppt, oder nicht? Frag deine Freunde hier – schließlich haben sie uns befreit. Sie sind über uns hergefallen –«

»– nachdem *Sie* als Erste auf sie geschossen haben«, fiel ihm Serena ins Wort. Sie deutete auf Annie. »Ich habe mit Ihrer Tochter gesprochen. *Sie* haben als Erste auf sie geschossen.«

Für einen Moment erschien ein Ausdruck von Betroffenheit auf Masons Gesicht, der aber dann sofort in Zorn umschlug. »Wir haben uns nur verteidigt!«, behauptete er. »Was hätten wir tun sollen? Sie sind plötzlich aufgetaucht und wir mussten uns wehren! Was verstehst du schon davon?«

»Vielleicht mehr, als Sie jemals begreifen werden«, sagte Trautman.

Mason wandte sich mit einem Ruck zu ihm herum, aber in diesem Moment erklang Astaroths Stimme wieder in Mikes Kopf: *Streitet euch ruhig weiter,* sagte er. *Ich schätze, ihr habt noch zwei Minuten, bis sie hier sind.*

»Sie kommen«, sagte Mike – und das reichte, um den aufkeimenden Streit auf der Stelle zu beenden. Ohne ein weiteres Wort drangen sie in den Dschungel ein.

Während der ersten halben Stunde kamen sie überraschend gut voran. Sie folgten der Spur, die die Herde in den Wald geschlagen hatte, sodass sie trotz der fast vollkommenen Dunkelheit, die unter dem Blätterdach des Dschungels herrschte, ein rasches Tempo einschlagen konnten. Astaroth bildete jetzt nicht mehr die Vorhut, sondern lief ein Stück hinter ihnen her, um sie rechtzeitig vor irgendwelchen Verfolgern warnen zu können.

Der Himmel über dem Dschungel begann sich allmählich grau zu färben, als sie das Ende der Spur erreichten – genauer gesagt, einen Punkt, an dem sie in nahezu rechtem Winkel nach Westen abknickte, sodass sie stehen blieben und einen Moment darüber diskutierten, was sie tun sollten. Wenn sie der Spur weiter folgten, konnten sie zweifellos ihr Tempo halten, vielleicht sogar noch ein wenig steigern, jetzt, wo es bald hell wurde. Aber sie würden sich dann auch wieder von der Küste entfernen und somit von ihrer einzigen Chance, diese Insel jemals wieder zu verlassen.

Schließlich entschieden sie sich, das Risiko einzugehen und weiter nach Süden zu marschieren, auch wenn sie in dem dichten Unterholz viel langsamer vorankamen und zudem die Gefahr bestand, auf räuberische Bewohner dieses Dschungels zu stoßen. Zumindest waren sie nicht mehr ganz wehrlos. Die Dinosauroiden hatten Mason und die anderen zwar entwaffnet, aber Mason hatte noch eine Anzahl loser Patronen in der Jackentasche gehabt, die sie entweder übersehen oder nicht als das erkannt hatten, was sie darstellten. Trautman hatte das Gewehr damit geladen und es – zu Masons sichtlicher Enttäuschung – an Singh weitergegeben, der von ihnen allen vermutlich am besten mit einer Waffe umzugehen verstand. Mason hatte nichts dazu gesagt, aber Mike ahnte, dass die große Auseinandersetzung zwischen ihm und Trautman noch bevorstand. Jetzt war es die gemeinsame Gefahr, die sie zusammenschmiedete, aber sobald sie in Sicherheit waren, würden sie Probleme mit Mason bekommen, da war er sicher.

Mike hatte die Frage, wie um alles in der Welt sie die Eiswand hinunter und an Bord der in fünfhundert Meter Entfernung wartenden NAUTILUS gelangen sollten, zwar bisher angstvoll vermieden, aber er wusste auch, dass das ihre einzige Chance war. Selbst wenn sie den Dinosauroiden irgendwie entkommen sollten – was logisch betrachtet so gut wie unmöglich war –, wären sie in dieser unheimlichen, urzeitlichen Welt gefangen.

Aber dann ging die Sonne auf, und was sie im ersten hellen Licht des Tages sahen, das machte alle Überlegungen Mikes hinfällig.

Sie hatten den Waldrand erreicht. Vor ihnen erstreckte sich eine weite, grasbewachsene Ebene, die auf einer Strecke von zwei- oder dreihundert Metern sanft anstieg und schließlich in einen Wald aus kahlen, versteinerten Bäumen überging, der sich wie ein übergroßer Stacheldrahtverhau in beiden Richtungen erstreckte, so weit der Blick nur reichte.

»Aber das ist doch ... völlig unmöglich!«, murmelte Mike. »Das kann doch gar nicht sein!«

»Was kann nicht sein?« Mason, der ebenso wie Mike und alle anderen überrascht stehen geblieben war, deutete auf den toten Wald. »Wir sind durch diesen Wald hierher gekommen.«

»Wir auch«, bestätigte Mike. »Aber wir *können* ihn noch gar nicht erreicht haben. Wir waren höchstens zwei Stunden unterwegs und –«

»Noch nicht einmal eine«, sagte Trautman. Auch er blickte den Wald am anderen Ende der Ebene ebenso fassungslos und verblüfft an wie Mike. »Und vorgestern sind wir stundenlang marschiert. Irgendetwas stimmt hier nicht.«

»Mit dieser ganzen Insel stimmt etwas nicht, wenn Sie mich fragen«, sagte Mason. »Aber das wird nicht besser, wenn wir hier herumstehen. Hinter diesem Wald liegt die Küste. Worauf warten wir?«

»Sie werden erfrieren«, sagte Trautman. »Haben Sie vergessen, wie kalt es dort drüben ist?«

»Immer noch besser als aufgefressen zu werden«, antwortete Mason, »oder von diesen Ungeheuern umgebracht. Gehen wir!«

Niemand antwortete und schließlich setzte sich Ben als Erster – wenn auch sehr zögernd – in Bewegung. Die anderen folgten seinem Beispiel, aber Mike las in ihren Gesichtern, dass sie sich ebenso wenig wohl dabei fühlten wie er selbst oder gar Serena. Auch er spürte immer deutlicher, dass hier irgendetwas nicht so war, wie es sein sollte. Sie hätten nicht hier sein dürfen. Sie waren Meilen um Meilen in diesen Dschungel eingedrungen und hätten den ganzen Tag brauchen müssen, um den Rückweg zu finden, vielleicht sogar mehr. Und das war es nicht allein. Es war ...

Er erkannte das Gefühl wieder, einen winzigen Moment, bevor der Nebel aufkam. Es war das gleiche, mit Worten kaum zu beschreibende Gefühl, das er an der Küste gehabt hatte, als sie das erste Mal in den Nebel eingedrungen waren, ein Gefühl, als überschritten sie eine unsichtbare Grenze, hinter der alles anders war.

Abrupt blieb er stehen und fast im gleichen Moment hielten auch alle anderen an.

Zwischen den toten Bäumen über ihnen begann grauer Nebel zu wallen. Ein kühler, feuchter Hauch wehte zu ihnen herüber und das Gefühl der Unwirklichkeit wurde so intensiv, dass Mike schauderte.

»Der Nebel!«, flüsterte Juan. »Das ... das ist derselbe Nebel, durch den wir gekommen sind. Das muss der Rückweg sein. Wir haben es geschafft! Wir –«

Er brach mit einem Schrei ab und auch Mike fuhr zusammen und hob erschrocken die Hände.

Zwischen den Bäumen traten Gestalten hervor, große, mit glitzernden Schuppen bedeckte Gestalten mit übergroßen Augen und langen, schlanken Gliedern. Mike entdeckte sieben, acht, zehn der zwei Meter großen Echsenmänner, ehe er es aufgab, sie zu zählen, und mit einem raschen Schritt zu den anderen zurückwich, die sich instinktiv zu einer engen Gruppe zusammengefunden hatten. Ohne dass er selbst sich der Bewegung bewusst gewesen wäre, stellte er sich schützend vor Serena. Singh hatte das Gewehr von der Schulter genommen und entsichert, aber er richtete die Waffe nicht auf die Dinosauroiden.

»Worauf warten Sie, Mann?«, herrschte ihn Mason an. Er hatte seine Tochter hinter sich geschoben, aber Annie fuhr plötzlich herum und rannte zu Serena, um sich hinter ihr zu verbergen. »Schießen Sie endlich!«

»Um Gottes willen, Singh – *nicht!*«, keuchte Trautman. »Eine falsche Bewegung und wir sind tot!« Sein Blick huschte über die Reihe der reglos dastehenden Echsenmänner und Mike konnte regelrecht sehen, wie sich die Gedanken hinter seiner Stirn überschlugen. Es waren mehr als ein Dutzend der hoch gewachsenen, schuppigen Gestalten, denen sie gegenüberstanden. Selbst wenn sie genug Munition und mehr als nur ein Gewehr gehabt hätten, hätten sie wahrscheinlich keine Chance gehabt, einen Kampf mit ihnen zu bestehen.

Aber Singh hatte auch gar nicht auf Masons Worte reagiert. Ganz im Gegenteil: Er senkte die Waffe noch weiter und richtete den Gewehrlauf nun ganz auf den Boden. Mike betete, dass die Dinosauroiden die Bedeutung dieser Geste verstanden.

»Verdammt, worauf warten Sie?«, fragte Mason wütend. »Wir müssen etwas tun!«

»Ja«, sagte Ben ruhig. »Vielleicht drehen Sie sich einmal um, Sie Schlaukopf. Die Kavallerie ist da.«

Mason starrte ihn eine halbe Sekunde lang verständnislos an, drehte sich dann wieder zum Wald herum – und keuchte vor Schrecken. Seine Augen wurden groß. Jedes bisschen Farbe wich schlagartig aus seinem Gesicht.

Auch der Waldrand war nicht mehr leer. Das Gebüsch hatte sich geteilt, und was daraus hervorgetreten war, das war das ungeheuerlichste Geschöpf, das Mike jemals zu Gesicht bekommen hatte.

Es glich in etwa dem Allosaurier, aber es war viel größer – Mike schätzte sein Gewicht auf mindestens zehn Tonnen und seine Länge vom Kopf bis zur Schwanzspitze auf gute fünfzehn Meter, wenn nicht noch mehr. Der Kopf, der wie der des Allosauriers überproportional groß und mit einem fürchterlichen Gebiss ausgestattet war, hatte die Abmessung eines kleinen Bootes, und was Mike in den faustgroßen, dunklen Augen las, die aus mehr als sechs Metern Höhe auf ihn herabblickten, das war ein Ausdruck von solcher Wildheit und Wut, dass er innerlich zusammenfuhr.

Und obwohl es keinen Menschen auf der Welt gab, der ein Geschöpf wie dieses jemals lebend zu Gesicht bekommen hatte, gab es wohl auch kaum jemanden, der es *nicht* sofort erkannt hätte ...

»Das ... das ist ein Tyrannosaurus rex!«, flüsterte Chris. Allein bei dem Gedanken sträubten sich Mike sämtliche Haare, aber Chris' Stimme klang viel mehr bewundernd als erschrocken.

»Nein«, sagte Ben ruhig. »Das sind *ein Dutzend* Tyrannosaurier.«

Neben dem ersten Riesensaurier erschien ein zweiter, dritter, vierter ... es mussten in Wahrheit weit mehr als ein Dutzend der gigantischen Tiere sein, die mit einer unheimlichen Lautlosigkeit hinter ihnen aus dem Dschungel hervortraten – und im Nacken jedes einzelnen dieser Kolosse saß ein Dinosauroide. Und plötzlich begriff Mike, wie naiv ihre Hoffnung gewesen war, diesen Geschöpfen tatsächlich entkommen zu können. Wahrscheinlich waren sie die ganze Zeit über hinter ihnen gewesen. So wie sie sie von der ersten Minute seit ihrer Ankunft in diesem Land jenseits der Zeit beobachtet hatten. Und ganz plötzlich, ohne dass er einen Grund für dieses Wissen hätte nennen können, aber auch ohne dass es nur den mindesten Zweifel daran gegeben hätte, wusste er noch etwas: Nichts war Zufall gewesen. Weder sein Zusammentreffen mit dem Allosaurier noch ihr Abenteuer mit den Raptoren, ja, nicht einmal ihre Flucht aus dem Lager.

Sie waren geprüft worden.

Und sie hatten diese Prüfung nicht bestanden.

»Das ist das Ende«, murmelte Mason. »Sie werden uns umbringen!«

»Nein!« Serena schrie plötzlich gellend auf und wirbelte auf der Stelle herum. *»Sie wollen nur mich! Lauft! Bringt euch in Sicherheit! Ich halte sie auf!«*

Und damit rannte sie los und stürmte den Dinosauroiden entgegen.

»Serena! Nein!«, schrie Mike. Ohne nachzudenken lief er hinter Serena her, aber obwohl er rannte, so schnell er nur konnte, holte er sie erst ein, als sie die Tyrannosaurier fast erreicht hatte. Mit einem Ruck riss er sie an der Schulter zurück, aber er hatte seine eigene Kraft unterschätzt: Die Bewegung brachte sie beide aus dem Gleichgewicht. Sie stürzten. Mike sah einen riesigen, geschuppten Umriss aus den Augenwinkeln und warf sich instinktiv schützend über Serena. Aneinander geklammert prallten sie gegen einen Fuß, der ein gutes Stück länger war als Mike, und blieben benommen liegen.

Zögernd und mit jagendem Herzen hob Mike den Kopf. Das Erste, was er sah, war eine Kralle, die unmittelbar vor seinem Gesicht aufragte und länger war als seine Hand, dann wanderte sein Blick an dem dazugehörigen Bein nach oben und blieb schließlich an einem ausdruckslosen Echsengesicht hängen. Irgendetwas daran kam ihm bekannt vor, aber er sagte sich selbst, dass das unmöglich war. Für menschliche Augen sah ein Dinosauroide aus wie der andere.

Die Zeit schien stehen zu bleiben. Mike sah aus den Augenwinkeln, wie Singh und auch Trautman versuchten, ihnen zu folgen, aber plötzlich löste sich einer der gigantischen Raubsaurier von seinem Platz am Waldrand und war mit nur zwei gewaltigen Schritten zwischen ihnen und Mike und Serena. Mike bemerkte es gar nicht richtig. Sein Blick war wie hypnotisiert auf das geschuppte Echsengesicht des Dinosauroiden über ihnen gerichtet. Er war unfähig, einen klaren Gedanken zu fassen, ja, er konnte nicht einmal wirklich Furcht empfinden. Etwas im Blick dieser großen, nur scheinbar starren Reptilienaugen lähmte ihn.

Schließlich, nach Sekunden, die sich zu hundert Ewigkeiten gedehnt hatten, glitt der Echsenmann von seinem Platz im Nacken des riesigen Sauriers herunter, sprang dicht neben Mike und Serena zu Boden – und streckte die Hand aus. Mike beobachtete vollkommen fassungslos, wie Serena ohne die mindeste Furcht danach griff und sich von dem fremdartigen Geschöpf auf die Füße helfen ließ.

Dann war er an der Reihe. Ein unheimliches, nie gekanntes Gefühl durchströmte ihn, als er die kalte Schuppenhaut des Wesens berührte. Von dem riesenhaften Geschöpf ging eine Ruhe und ein Gefühl der Geborgenheit aus, das in krassem Widerspruch zu seinem Äußeren stand. Er hatte keine Angst. Er wusste plötzlich, dass es nicht den allermindesten Grund gab, Angst vor diesen Wesen zu empfinden. Ganz ruhig stand er auf und trat einen Schritt zurück und an Serenas Seite. Keiner von ihnen sprach. Dies war nicht der Moment für Worte.

Jetzt verging wirklich eine geraume Weile, in der sie nur dastanden und den Dinosauroiden ansahen, der ihren Blick ruhig erwiderte. Und während er das tat, veränderte sich abermals etwas in Mike. Schon einmal hatte er gespürt, wie falsch der Eindruck war, den sie alle von dieser Welt gehabt hatten, aber nun *spürte* er es nicht nur, nun *wusste* er es. Der scheinbare Ausdruck von Fremdartigkeit, von Feindschaft, den er bisher in den Augen der Echsenmänner zu sehen geglaubt hatte, war das Gegenteil – er stand einem Wesen gegenüber, das unglaublich alt war auf eine Art und Weise, die sich dem menschlichen Begreifen entzog. Er blickte in die Augen eines Geschöpfes, das in vollkommenem Einklang mit sich und der Natur lebte, einer denkenden Kreatur, deren Volk *sechzigmal so lange* wie die Menschen Zeit gehabt hatte, seinen Platz im großen Plan der Natur zu finden. Dass es auf dieser Insel kein Zeichen von Technik oder irgendeiner der Menschen vergleichbaren Kultur gab, war kein Zeichen von Rückständigkeit, sondern einer tiefen Bescheidenheit, die Teil der Natur der Dinosauroiden sein musste – vielleicht hatten diese Wesen irgendwann einmal, vor undenklichen Zeiten, den gleichen Weg beschritten wie die Menschen, aber wenn, dann hatten sie schon vor fast ebenso langer Zeit begriffen, dass er falsch war. Sie brauchten diese Wesen nicht zu fürchten. Die Dinosauroiden wussten nicht einmal, was das Wort *Feindschaft* bedeutete.

Ein zweiter Echsenmann gesellte sich zu ihnen. Auch er kam Mike auf sonderbare Weise bekannt vor – und dann sah er, dass er ganz leicht humpelte, und wusste, woher er diese beiden kannte. Es waren die Dinosauroiden, die Ben und er vor dem Allosaurier gerettet hatten – jedenfalls hatte er *geglaubt*, dies zu tun. Der neu hinzugekommene Echsenmann hielt das Gewehr in den Händen, das Singh bisher getragen hatte. Einen Moment lang blieb er reglos stehen, sah erst Mike, dann Serena durchdringend an – und dann zerbrach er die Waffe ohne die mindeste sichtbare Anstrengung in zwei Hälften, die er fallen ließ.

Mike lächelte. Vielleicht würden sie niemals mit diesen Wesen *sprechen* können, aber es gab Gesten, die wohl überall im Universum und bei allen denkenden Kreaturen verstanden wurden, und das, was der Dinosauroide getan hatte, gehörte dazu.

»Ich ... ich glaube, ich habe euch verstanden«, sagte Mike. Und der Dinosauroide schien wohl auch ihn zu verstehen, denn obwohl sein Gesicht nicht in der Lage dazu war, schienen seine Augen doch für einen Moment so etwas wie ein Lächeln auszudrücken. Dann drehte er sich herum und ging zu seinem bizarren Reittier zurück, und auch der zweite Echsenmann stieg wieder auf den Rücken seines Riesensauriers hinauf. Und ebenso lautlos, wie sie erschienen waren, wandten sich die geschuppten Kolosse um und verschwanden wieder im Wald.

Mike stand noch lange da und sah ihnen nach, und selbst als Serena ihn schließlich an der Schulter berührte, fiel es ihm schwer, in die Wirklichkeit zurückzukehren. Er war plötzlich nicht mehr sicher, dass es so etwas wie eine absolute Wirklichkeit überhaupt gab.

»Warum ... warum hast du das getan?«, fragte Serena. Sie wirkte sehr verstört.

»Was?«, fragte Mike.

»Du bist mir nachgekommen, obwohl ... obwohl du glauben musstest, dass es dein Tod ist«, antwortete Serena. »Warum hast du das getan?«

Mike hätte antworten können, dass er einfach Angst um sie gehabt hatte, und das wäre die Wahrheit gewesen, und er hätte auch antworten können, dass er eigentlich gar nicht nachgedacht hatte, sondern einfach blindlings losgestürmt war, und auch das wäre die Wahrheit gewesen, aber stattdessen sagte er:

»Weil du dich geirrt hast, Serena. Ebenso wie deine Vorfahren.«

»Geirrt? Wieso?«

»Ihr habt geglaubt, dass sie uns Menschen hassen, weil wir alles sind, was sie jemals hätten werden können?« Mike schüttelte lächelnd den Kopf. »Es ist genau andersherum, Serena. Ich glaube, ich kenne jetzt das Geheimnis dieser Insel. Sie sind alles, was wir vielleicht irgendwann einmal werden können. Sie hassen uns nicht, Serena. Sie wissen nicht einmal, was dieses Wort bedeutet.«

»Das verstehe ich nicht«, murmelte Serena.

Mike lachte. »Irgendwann wirst du es verstehen«, sagte er.

Und damit legte er Serena den Arm um die Schultern, drehte sich herum und sie gingen langsam zu den anderen zurück. Hinter ihnen begann der Nebel dichter zu werden, der sie zurück zur NAUTILUS und in ihre Welt bringen würde, von der er nun wusste, dass sie nicht die einzig wirkliche, sondern vielleicht nur eine von zahllosen anderen war.

Und vielleicht nicht einmal die beste.

»Kalis sechste Hand deutete ins Leere.«

LESEPROBE AUS:

DIE VERGESSENE INSEL

VON WOLFGANG HOHLBEIN

Irgendeine Beziehung zwischen dem Amulett und der Karte musste es geben. Sie versuchten die Größe des Anhängers mit der irgendeiner Insel in Beziehung zu setzen. Nichts. Sie suchten nach einem Eiland oder einer Inselgruppe, die der Form des Amuletts ähnelte. Ohne Ergebnis. Sie suchten nach einer Insel, deren Name ungefähr so klang wie Kali, ohne sie zu finden. Sie ließen das Amulett wie eine Münze auf der Schmalseite über die Karte rollen und hofften, sie würde sie wie durch Zauberei zu ihrem Ziel führen, und taten noch viele andere Dinge, die auf bloßes Herumraten hinausliefen.

Schließlich sprach Juan aus, was sie sich insgeheim alle schon dachten. »Das hat doch keinen Zweck«, sagte er müde. »Wir können noch Jahre suchen, ohne diese verdammte Insel zu finden. Wahrscheinlich ist sie gar nicht auf dieser Karte verzeichnet, sondern nur auf der, die dein Vater dir hinterlassen hat.«

»Wenn das so wäre, hätte mein Vater sie längst gefunden«, sagte Paul. »Wenn es eine Insel gäbe, die nur auf dieser einen Karte verzeichnet ist, dann bräuchte er sie nur mit einer x-beliebigen anderen Seekarte zu vergleichen und schon hätte er sie. Nein, ich wette, dass diese Insel auf keiner Karte der Welt zu finden ist.«

»Welchen Sinn sollte diese Karte dann überhaupt haben?«, fragte André.

An Pauls Stelle antwortete Mike. »Ich weiß es nicht. Aber irgendetwas ... war anders als hier.« Er nahm eine der drei übrig gebliebenen Karten zur Hand und blickte sie konzentriert an. Er hatte immer mehr das Gefühl – nein; er wusste! –, dass er die Lösung im wahrsten Sinne des Wortes in den Händen hielt. Aber sie schien etwas von einem glitschigen Fisch an sich zu haben, immer wenn er sie wirklich ergreifen wollte, glitt sie ihm zwischen den Fingern hindurch.

»Vielleicht hat dein Vater sie aus dem Gedächtnis gezeichnet und deshalb nicht ganz richtig?«, vermutete Miss McCrooder.

Mike schüttelte den Kopf. »Nein«, sagte er. »Sie sah genau aus wie diese, aber sie war ...« Ganz plötzlich fiel es ihm wieder ein. »Sie war auf Pergament gezeichnet«, sagte er. »Auf ganz dünnem Pergament, das fast durchsichtig war!«

Der Inder sah plötzlich sehr angespannt drein. »Pergament?«, vergewisserte er sich. »Beinahe durchsichtiges Papier?« Mike nickte und Singh fuhr fort: »Erinnert ihr Euch, wie groß sie war?«

»Nicht besonders groß«, antwortete Mike. »Viel kleiner als diese hier. Ich habe mich noch gewundert, warum sie so klein war. Er muss manche von den Zahlen und Buchstaben mit der Lupe geschrieben haben.«

»Das ist es!«, sagte Singh. »Ich glaube, Ihr habt die Lösung gefunden.«

»So?«, murmelte Mike. »Na, wenigstens einer glaubt das.«

Singh lächelte flüchtig. Er stand auf »Wir haben kein Pergament an Bord«, sagte er, »und auch nicht das nötige Werkzeug, um eine wirklich genaue Karte zu zeichnen. Aber vielleicht geht es auch andersherum.« Er trat an den Kartenschrank und kam gleich darauf mit Schere, Klebstoff, Reißnägeln und einigen starken Kartons zurück.

»Was hast du vor?«, fragte Mike.

Singh lächelte abermals, antwortete aber auch jetzt nicht, sondern wandte sich an Juan. »Darf ich Euch bitten, mir eine der Laternen von Deck zu bringen?« Als Juan sich gehorsam entfernte, deutete Singh auf die Karte und reichte André die Reißnägel. »Befestigt sie an der Wand«, sagte er. »Direkt über dem Tisch. Und möglichst gerade.«

Für jemanden, dessen Lebensinhalt das Dienen und Gehorchen war, dachte Mike, verstand sich Singh ziemlich gut aufs Befehlserteilen. Aber er sagte nichts, sondern sah wortlos weiter zu, was geschah. Juan brachte die Laterne, und während André mit Bens Hilfe die Karte an der Wand befestigte, begann Singh aus dem Karton einen rechteckigen Kasten zu falten, in dessen Vorderseite er ein kleines, rundes Loch schnitt. Behutsam platzierte er die Laterne in der Mitte der Tischplatte, zündete sie an und stülpte den schwarzen Kasten darüber, so dass ihr Licht fast vollkommen abgeschirmt wurde. Schließlich bat er Miss McCrooder die Gaslampe herunterzudrehen, die die Messe erhellte.

Mike sog überrascht die Luft zwischen die Zähne, als das Licht matter wurde und schließlich ganz erlosch. Es wurde nicht vollständig dunkel. Durch das Loch, das Singh in den Karton geschnitten hatte, fiel ein kegelförmiger Lichtstrahl auf die Karte an der Wand. Singh rückte die Lampe ein paar Mal hin und her, bis der gelbe Kreis aus Licht genau auf das Zentrum der Karte gerichtet war. Dann nahm er das Amulett und setzte es in den ausgeschnittenen Kreis in der Pappe, der genau der Größe des Schmuckstückes entsprach.

Das Ergebnis war verblüffend. Singhs improvisierte Laterna magica projizierte die Umrisse des Amuletts zigfach vergrößert auf die Karte an der Wand. Singh bewegte das Amulett noch ein paar Mal vorsichtig, um es endgültig auszurichten, aber plötzlich war es, als glitte es ganz von selbst in die richtige Position. Und obgleich Mike bereits geahnt hatte, was geschehen würde, fühlte er doch ein fast ehrfürchtiges Schaudern, als Singh die Hand schließlich zurückzog.

Der Schatten der Göttin war über eine Gruppe von sieben kleinen Inseln gefallen. Ihre Füße ruhten auf zwei lang gestreckten Atollen, die genau nebeneinander angeordnet waren, und fünf ihrer sechs Hände berührten jeweils eine winzige Insel. Nur die sechste, linke obere Hand deutete ins Leere. Aber plötzlich wusste Mike, dass das gar nicht stimmte. Die Karte war nicht korrekt. In diesem einen Punkt stimmten alle Karten der Welt nicht. Denn dort, wohin Kalis sechste Hand wies, lag die Vergessene Insel Prinz Dakkars.

OPERATION
NAUTILUS
UEBERREUTER